U0712439

柠檬水大战

飓风魔术秀

[美] 杰奎琳·戴维斯 / 著

王洁 / 译

长江出版传媒

长江少年儿童出版社

凤凰阿歇特
hachettephoenix

别剥夺孩子成为富一代的权利！

——看中、美两国对孩子截然不同的财商教育

"富人教他们的孩子如何理财，而中产阶级和穷人却从不这样做。"《富爸爸穷爸爸》的作者罗伯特·清崎这样说。

"美国爸爸教他们的孩子如何努力赚钱，而中国爸爸却让他们的孩子坐享其成。"我们也可以这样说。

最近网上流行着这样一个小故事：

有个美国小孩问他的富爸爸："我们家有钱吗？"

爸爸回答他："我有钱，你没有。我的钱是我自己努力奋斗得来的，将来你也可以通过你的劳动获得金钱。"

有个中国小孩问他的富爸爸："我们家有钱吗？"

爸爸回答他："我们家有很多钱，将来这些钱都是你的。"

这个故事真实地反映了在面对孩子关于金钱的问题时，中美两国家长两种截然不同的教育方式。

美国小孩听了爸爸的话会获得以下几方面的信息：

（一）爸爸很有钱，但爸爸的钱是爸爸的；

（二）爸爸的钱是通过努力得来的；

（三）我如果想有钱，也得通过劳动和努力获得。

获得了这些信息，孩子就会很努力，他也想像爸爸一样获得财富。美国爸爸传给儿子的不仅仅是物质财富，更重要的是一种财商启蒙，从小培养起来的高财商会让孩子受益一生。

中国小孩听了爸爸的话会想：我爸的钱就是我的钱！我不用努力就已经有很多钱了。于是，孩子长大后不知道珍惜和努力，正应了古语"富不过三代"！授之以鱼，不如授之以渔，中国爸爸传给自己孩子的仅仅是物质财富，没有足够的财商维持财富、增长财富，只能坐吃山空。

这里我们不是故意贬低中国教育，而是希望引起家长的注意：孩子的财商教育很重要！

　　财商（FQ：Financial Quotient），是指一个人认识、创造和管理财富的能力，它包括两方面：一是正确认识财富及财富倍增规律的能力（即价值观）；二是驾驭财富、正确应用财富及财富倍增规律的能力。在现代社会，财商是与智商、情商并列的三大不可缺少的素质。拥有高财商的孩子，不但能在成年后迅速适应社会的要求，更能形成有责任、独立、自尊的人格。

　　在美国，从孩子踏进幼儿园起，就会接受有关理财的概念。每年有300万的中小学生在外打工挣零花钱；1/3的儿童拥有自己的银行账户；而在家庭教育中，"钱的教育"更是不可或缺的部分。

　　"柠檬水大战"的故事就是美国家庭财商教育的一个典型。埃文和杰茜只是一个普通家庭的孩子。兄妹俩一个10岁，一个8岁，为了赌气，两人开始了一场"柠檬水大战"——看谁在暑假里卖柠檬水赚的钱多！他们两个像真正的企业家一样，想出各种营销高招：寻找最佳销售位置、低价促销、找合伙人……最后两人不仅赚到了自己想要的零花钱，还把卖柠檬水的绝招做成海报，赢得了"富爸爸基金会"的暑期活动竞赛。

　　反观中国的财商教育，大部分家长只重视智商和情商的培养，忽视甚至无视财商教育。作为新时代的父母，你想让孩子成为努力赚钱的富一代，还是坐享其成的啃老族？当孩子问："我们家有钱吗？"你打算怎么回答？

　　但愿在我们中国，能出现越来越多像《柠檬水大战》中埃文和杰茜那样的孩子！

中央财经大学教授　辛白强
国家理财规划专职讲师　吴　然

目　录

第一章
幻象

幻象：名词。幻想出来的或由幻觉产生的形象，此处指一种魔术手法。

杰茜在衣橱里面摸索着，终于摸到了那把钥匙。钥匙挂在一枚钉子上。杰茜悄无声息地取下钥匙，紧紧地握在手心。钥匙在手心压出完美的印迹，然后一点儿一点儿地变暖。

杰茜又蹑手蹑脚地朝书架走去。快走到一半时，她停了下来。门上"请勿打扰"的门牌有没有挂好？有时门关得太快，门牌会被震下来。如果取出存款箱的时候有人闯进来，那就糟了。如果存款箱那时恰巧是打开的，就更糟了。让别人看到自己存的钱，那简直是自找麻烦！

　　想到这里，杰茜打开房门望了望。门牌挂得好好的。只要牌子挂着，就不会有人闯进来。在他们家，这是铁的定律。

　　走廊尽头的房间里，妈妈正在收拾行李。推拉抽

此门已锁
请勿打扰

屉的声音、拖鞋拍打地板时发出的声音，还有衣橱里衣架相互撞击时发出的声音一起传了过来。杰茜不喜欢妈妈出门，但是现在她也没有办法。这一次，她又得学着"适应和进化"了，就像妈妈经常说的那样。

"嘿，杰茜，我可以问你点儿事情吗？"

杰茜的注意力还在妈妈那边，埃文的声音把她惊得跳了起来。杰茜扭头一看，埃文已经上了楼，就站在自己身后。整个早上，埃文一直在楼下的地下室里敲敲打打，折腾一堆老木板，杰茜还以为可以逃过他那双侦探一样的眼睛呢！杰茜把手心里的钥匙攥得更紧了。

"现在不行，我正忙着呢。"杰茜说着，准备把头缩回房间，但看到埃文手里竟然捧着一本书，杰茜愣住了。埃文最讨厌书了，对他来说，书就像敌人，把他整得像个挫败的傻瓜。他从来不碰书的，这书怎么会出现在他的手上呢？

这是一本很老旧的书，皮质的封面已经有了斑驳的裂纹，书脊上金光闪闪的字母也脱落了一半。埃文小心翼翼地把书打开，指着书上的一段文字，半是请求半是命令地说："就给我两分钟。"

"两分钟也不行！"杰茜指了指门牌，再次强调了这个家的规矩，然后退回房间，把门紧紧地关上。

埃文会不会马上离开走廊呢？他会不会在门外偷听呢？杰茜又耐心地等了两分钟，数满足足120秒之后，才轻手轻脚地走向书架，从顶层那排书的后面取出了存款箱。

箱子里装满了她这几个月来搜集到的各种宝贝。除了纸币和硬币，还有去年夏天她和埃文赢得的勋章、好朋友梅根写给她的好人卡、爸爸寄来的明信片，以及那张关于爱情的调查表。杰茜曾经做过一次大调查，其中有一张匿名调查表，表的主人暗恋的对象是杰茜。杰茜不清楚自己为什么要留下这张表，每次打算扔掉它时，最后又会犹豫着把它放回原处。她觉得这是证据，至于是什么的证据，她一时半会儿也说不清楚。

杰茜看了一会儿爸爸送的明信片，上面贴着不同国家的邮票——土耳其的、阿富汗的、刚果的，还有卢旺达的——就像一张张精美的艺术品。杰茜喜欢这些色彩鲜艳、图案特别的小纸片。

三年前，爸爸和妈妈离婚了。之后每隔几个月，爸爸就会寄一些明信片或者包裹回来，有时他也会回来看望大家。但是最近一年多来，杰茜都没有见到爸

爸。每晚躺在床上，杰茜就会想起爸爸。她知道不能向妈妈询问爸爸的消息。从妈妈那里，她永远得不到想要的答案。

杰茜按照日期，把明信片重新排了一遍，整整齐齐地码成一叠放在旁边，然后开始关注她的存款。她想去银行，把硬币都兑换成纸币，但此前得先用从银行拿来的专用纸卷把硬币包好，1分的硬币50个一卷，5分的40个一卷，1角的50个一卷。

收入/支出	明细备注	最终总额
+2.00	家务收入	￥82.25
+0.25	捡到两角5分	￥82.50
−3.25	买羽毛笔	￥79.25
+0.01	捡到1分	￥79.26
+0.05	捡到5分	￥79.31
+2.00	家务收入	￥81.31
+0.01	捡到1分	￥81.32
+0.01	捡到1分	￥81.33
+0.10	捡到1角	￥81.43

81块4角3分。杰茜从箱底拿起一张纸，上面是存款箱里所有存款的明细。每次往存款箱里放钱的时候，杰茜都会改写总金额。

但是81块4角3分，离杰茜的目标还有距离。她一直想开一个银行账户，这样钱就安全了，不用整天担心它们丢失或被偷了。即使房子塌了，它们也不会被埋到地下找不到。它们永远属于她，万无一失。

但是遗憾得很，杰茜计划的最小存款金额是100块。要存够这个数目，还要很长时间，可她现在找不到任何挣钱——挣大钱——的机会。

"杰茜，快出来！"埃文在走廊里喊。

"此门已锁，请勿打扰！"杰茜大声回答。

"我知道，我知道。你自己开门出来，好不好？"埃文哀求着。

杰茜合上存款箱，塞到枕头底下，然后走到门口，咔嗒一声把门打开了。

埃文站在门口，依旧捧着那本书，手指在书页上指来指去。"这个……是什么意思？"埃文把书递了过来，"我不太明白……"

别看杰茜才9岁，可她的阅读能力远远超过同龄人，而且已经通过阅读能力测试了。她现在跳了一级，这就是她和哥哥埃文在四年级同班读书的原因。

杰茜大声地读了起来。

魔法兔箱：一个能装兔子且能让箱子里的兔子消失的箱子。箱子的开口通常是椭圆形的，长短轴尺寸分别约为20厘米和15厘米，有两个活门。因为要把兔子藏在箱子里面，所以箱子必须有足够大的空间，让兔子藏到那里，装出兔子突然消失的假象。最常见的做法是定制一张形状像桌子一样的魔法兔箱。箱子内部必须铺上软草，以免兔子掉进去时受伤。

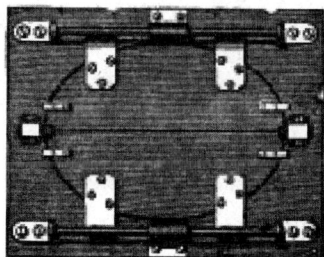

"这是什么怪书？"杰茜翻到书的封面，仔细打量着金色的书名——《现代魔法：魔术表演操作手册》，作者是霍夫曼教授。"噢，1876年出版，可够老的。"杰茜有些迷茫，"你干吗读外婆的书？"外婆的书比杰茜认识的任何人的书都多。外婆搬过来和杰茜一家住时，把她的书也带了过来，房子里堆得到处都是。

现代魔法

魔术表演操作手册

霍夫曼教授　著

内含318幅精美插图

David Mckay出版社

1876年出版

"我要在魔术秀上来一个大型表演。"埃文说，"大家都让我表演一个大型魔术，别老是鼓捣那些小把戏。"

自从外婆在圣诞节送给埃文一套魔术工具箱后，埃文就一直研究。他学会了从耳朵里掏出硬币，让台面上的纸牌自己翻个个儿，还能把切成两段的绳子重新接在一起。有时他会跟杰茜解释魔术的原理，但大部分时候他都只是说："这是秘密。"杰茜知道，埃文在努力准备魔术秀——可以真正面对观众的那种。

"你的魔术都挺有意思的！"杰茜说。

"那还不够。"埃文说，"我得能把某些东西变不见，这样才能体现魔术的意义，大卫·科波菲尔就曾把自由女神像变没过。"

"他没有！"

"有！我在视频网站上看到了。当然，肯定不是真的不见，但他是怎么做到的呢？"埃文从口袋里掏出一枚硬币，硬币马上在他的右手手指上翻起了跟斗。埃文最近总是随身带着硬币，这样能随时练习。他用空出来的左手指着翻开的书页问道："这么说来，魔法兔箱——这本书没说怎么操作吗？"

杰茜摇了摇头，把书递还给埃文："这个太复杂了，做魔法兔箱需要金属材料。"

埃文一屁股坐在床上："我考虑过了，也许木头箱子就行。皮特有一把锯子和木头，我可以找他帮忙。"

皮特是帮外婆修复被烧坏的房子的木工，他几乎什么东西都会做。

"皮特离我们家可有5个小时的车程呢！"杰茜说，"他怎么可能跑过来帮你做这个呢？"

"也许我可以把设计图寄给他，"埃文盯着示意图说，"让他照着图纸做好了，再把零部件寄给我，我只需要组合……"

"要不直接买一个魔法兔箱？"杰茜问。

"成本太高了。"埃文说，"要好几百块钱呢，我在网上查过了。"

杰茜知道埃文没有这么多钱，别说好几百块，他连1块钱也没有！

"霍夫曼教授在这里的描述太含糊了。"杰茜看了一会儿书，指着书中一页说道，"还有没有补充说明？这里写的是什么？"

"这是埃及的狮身人面像斯芬克斯，是非常有名的幻术表演。你看，这里只有一个小桌子，除了细细的四条腿，其他什么东西都没有。魔术师在桌上放一个盒子。他打开盒子的前板，里面有一个人的脑袋。这个脑袋可以和观众说话，还能回答问题。魔术师把盒子的前板关上，等再打开时，盒子里面空空如也。刚才放脑袋的位置，只剩下一撮泥土。"

"他是怎么做到的？"一想到那颗孤零零的脑袋，杰茜不禁毛骨悚然。

"镜像。"埃文说着把书翻到下一页，"你看，观众以为看到的是桌子后面的幕布。"埃文说，"实际上，他们看到的是镜子映射的舞台两侧的幕布。这

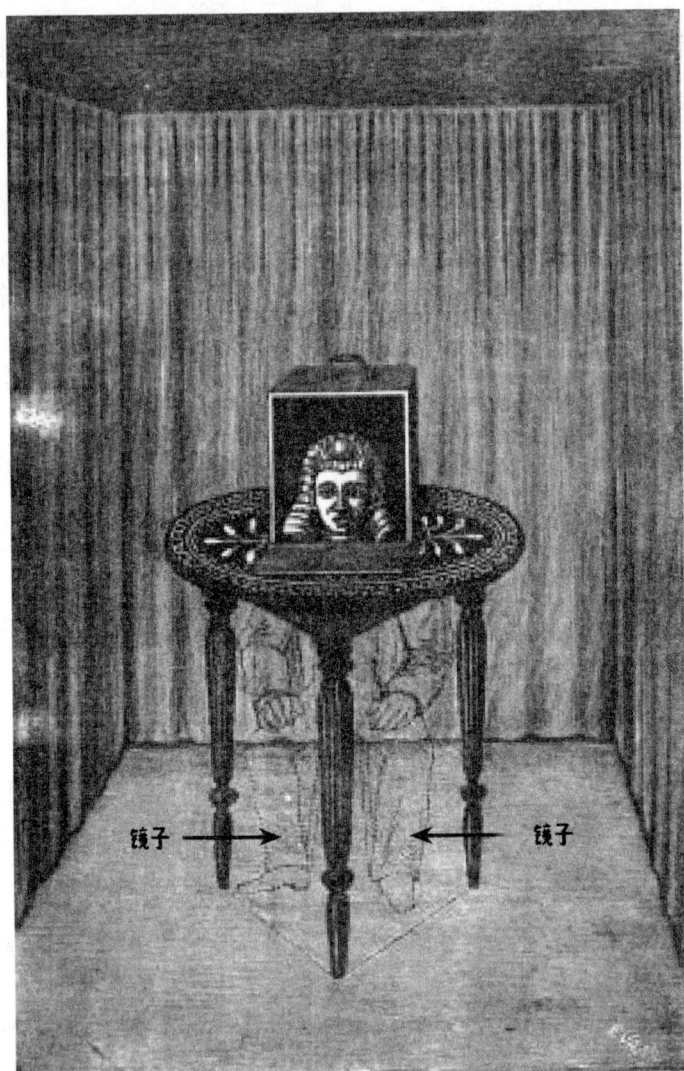

镜子 →   ← 镜子

样，魔术师就可以在镜子后面藏一个人，这个人只需要从桌面上露出脑袋就好了。"

"我们可以做这个！"杰茜说，"我们家有一张三条腿的桌子，就在前面门厅里。"

"妈妈不会允许我们在桌子上挖个洞的。"埃文说，"再说了，我们从哪儿弄来镜子？要很大的尺寸呢！"

"用不了很大。"一个想法开始在杰茜的脑海中形成，她开始兴奋起来，"这张桌子并不大，所以需要的镜子也不大，当然，它里面装的人的个头儿也不能太大——就让我来吧。我个子小，可以扮演斯芬克斯！"

"你？"埃文讥笑道，"哈哈，你这个脑袋倒是挺能说的。"

"你刚刚说了，这个脑袋要和观众对话的！"杰茜不明白埃文为什么不喜欢她的主意。

"魔术要的是那种神秘的对话，不是你这种话唠一样的啰唆。"

"我可以很神秘的。"杰茜说。假装神秘并不难。

"不行，杰茜。"埃文合上书，"你不能扮演斯芬克斯。扮演他的这个人得——"他顿了顿，想了一会儿，"动作迅速、悄无声息，还得……手脚灵活。魔术师助手都应该是这样的。"

杰茜把手臂抱在胸前。"那我能做点儿什么呢？"她想做得更多。

"不知道能帮什么吗？你可以借我20块钱呀！"

杰茜一下子愣住了，这种忙可不是她想帮的，20块钱不是小数目。"你要20块钱干吗？"杰茜问道。

"兔子又不是长在树上的。"埃文说，"它们的食物也不长在树上，我都得买呀。"

"你想买兔子？"杰茜几乎要喊出来。

"嘘——嘘——"埃文赶紧指了指妈妈那边开着

的卧室门，"天啊，杰茜，你真懂我！"

"妈妈才不会同意呢！"

"我可以和她谈啊。"埃文说，"霍夫曼教授说了，要想表演兔子魔术，首先得有兔子。"

"那又怎么样？妈妈又不认识霍夫曼教授。"

正在这时，外面传来停车的声音，然后是车门打开又关上的声音。杰茜很奇怪，佩吉阿姨怎么这么早就到了？理论上，再过两个小时她也不一定赶得到。佩吉阿姨是妈妈最好的朋友，妈妈不在家的这一周，佩吉阿姨住在这里，和杰茜、埃文待在一起。唉，妈妈竟然把他们随随便便地丢给别人。

"如果妈妈答应了，你就借钱给我吗？"埃文不死心地问。

"那也不借！"杰茜走到窗前，看见一辆出租车从楼下驶了出去。

"要是给你利息呢？"

杰茜的耳朵一下子竖了起来："给多少？"

"我还没想好。"埃文说。

"5%！"杰茜说，"每个月！"

"这个利率算高的吗？"

"这要看情况了。"杰茜耸了耸肩。每个月5%算是很高的利率了。虽然银行最近推出了零利率贷款的活动，但银行可不会贷给埃文20块钱。

门铃这时响了起来。

"嘿，埃文。"妈妈喊道，"你能帮忙去开一下门吗？"

"好啊！"埃文大声地回应着，把手里的硬币塞进口袋。可是他并没有去楼下，而是对杰茜说："你去开门，我去找做魔法兔箱的材料。"

"我不去！"杰茜说，"妈妈是让你去。"杰茜还想着藏在枕头底下的存款箱，她担心如果不在旁边看着，它们随时可能发生意外。

"我不做魔法兔箱，就不用买兔子；不买兔子，就不用找你贷款；不找你贷款，你就拿不到利息。你看着办吧。"埃文一边说着，一边走出杰茜的房间，然后把门牌挂在自己卧室的门外，把门关上了。

杰茜飞快地把存款箱和钥匙放回原处，冲下楼梯。路过埃文房间时，她大喊道："成交！"20块的5%，只要一个月的时间，她就可以得到1块钱的利息。她可以把钱再借给其他人，比如借给梅根、麦斯维尔，甚至是妈妈。家里的经济总是很紧张。

杰茜冲到门口的时候，门铃开始响第二遍了。杰茜想着，如果是佩吉阿姨，那就板起面孔，一言不发，做出不欢迎她的样子，昨天她就练习过了。这样，佩吉阿姨肯定会看出自己有多难过，然后她就会把自己不开心这件事告诉妈妈。

杰茜不讨厌佩吉阿姨。相反，她很喜欢她，她只是不喜欢妈妈离开他们。

现在才是五月底，可是天气已经热得像是夏末，空气闷热又潮湿。远处传来篮球的弹跳声和孩子们的欢呼声。也许不是佩吉阿姨，而是来叫埃文出去玩的邻家小孩，或者是送包裹的邮递员。

杰茜就这样心事重重地拉开大门，可刚看到门口的人，她就兴奋地尖叫起来。

第二章
手法

手法：名词。（文学作品或艺术品的）技巧。这里指用手指操作的一种魔术表现形式，比如让硬币在手心出现或消失，也叫变戏法。《现代魔法》一书讲了七种手法。

埃文听见杰茜冲下楼去。他想过了，如果来的人是佩吉阿姨，他就躲在房间里不出去。他和杰茜一样，不是不喜欢佩吉阿姨，只是觉得自己已经过了需要保姆照看的年纪。再过3个月，埃文就满11岁了，都可以去当兼职保姆了。事实是，这条街上的涅瓦太太已经出钱请他陪她的两个小儿子玩了。

埃文把书打开，翻到讲魔术手法的那一部分。书里一共写了七种基本手法，包括手心藏物、丢弃技巧、取出技巧、放置技巧、幻象技巧、误导技巧以及转换技巧。埃文想全都学会。

今天，他练习的是手心藏物。手心藏物又分为指间式手心藏物和传统式手心藏物。使用手心藏物手法，即便你手里握有东西，仍然能让观众误以为你的手里是空的。

埃文可以轻松做到指间式手心藏物，但传统式手心藏物的表演效果会更好。可要学会传统式手法，必

指间式手心藏物　　　　传统式手心藏物

须用正确的方法将掌心的肌肉挤压在一起，从而夹住硬币、小球，或者其他你想藏起来的东西，手还得看起来是放松、张开的样子。太难了！

埃文朝掌心吐了一口口水，搓了搓，然后从口袋里掏出硬币，藏在左手的手心里。但是他才挥了一下手，硬币就掉到地上。埃文把硬币捡起来，继续尝试。他不介意失败和练习。只有反复练习，才能达到想要的目标。

埃文一直都很喜欢看魔术表演，但从没想过自己表演。自从圣诞节外婆送了他一个魔术工具箱后，他才开始尝试一些小魔术，没想到一下子便着了迷。他发现自己竟然演得还不错，简直可以说是有天赋。每当掌握了一个技巧，他就迫不及待地想尝试下一个。这些技巧一个比一个难。很快地，他就能表演一些杰茜和妈妈都看不破的魔术了。她们会问："你是怎么做到的？"

其实表演魔术和打篮球差不多。打篮球时，你必须飞快地跑动，飞快地思考，还必须一遍又一遍地练习，这样肌肉才能在大脑下达命令之前下意识地行动。你要学会做假动作误导对手，这样才能在球场上玩戏法。在埃文的概念里，魔术是和打篮球一样的东西。他无数次跳起投篮，看着篮球离开指尖，滑过空中，落进篮筐。每当这个时候，他都有一种特殊的感觉，好像所有东西都在掌控之中。表演魔术也让他有这种感觉。

埃文听到门铃又响了一遍，接着是前门被拉开的声音，然后是杰茜兴奋的尖叫。不一会儿，妈妈就来敲门，埃文打开了门。

"一定是佩吉阿姨来了。"妈妈说，"她怎么来得这么早？也许是怕堵车吧。你可以过去帮我一下吗？行李箱关不上了。"

"没问题。"埃文把硬币放回口袋，跟着妈妈走出了房间。

刚跨进妈妈的房间，埃文就吓了一跳，大叫道："这里刚被炸弹袭击了吗？"梳妆台的抽屉全都敞开着；床上、椅子上、地板上，到处扔满了衣服；床头柜上是一大摞摇摇欲坠的书和杂志；床脚则是堆得像小山一样的鞋子。

"我不知道该带什么，就全都拿出来挑了一下，现在行李箱关不上了。"

"别担心，妈妈，你又不是去月球，没那么难。"埃文觉得自己是男子汉，应该帮助妈妈。

"我觉得和去月球差不多了。"妈妈使劲压那满得快要溢出来的紫色行李箱，"我压着，你拉拉链。"

妈妈收拾这些东西，是因为一个客户要她去加利福尼亚州出席一次很重要的会议，这样才给妈妈写促销手册的机会。这是个大客户，非常重要。

一开始妈妈是拒绝出差的，她不可能不管不顾地把两个孩子扔在家里好几天。"家庭是第一位的。"这几乎就是她人生的座右铭，但是那位客户愿意出大价钱。埃文家的房子有一些年头了，有的地方需要好好修一修了，而这需要钱。再三权衡之后，妈妈还是答应了。

埃文说服妈妈，既然都出去了，索性多待两天，小小地度个假，顺便拜访一下她的大学室友——她就住在附近。

"你从来没去过其他地方，妈妈。"埃文说，"从来没有好好地玩过。"

妈妈惊讶地看着埃文，"我玩了呀。"她说，"我不是一直在和你们玩吗？"

"那不是成年人的消遣方式。"埃文说，"你只是陪我和杰茜玩。"

"我喜欢你和杰茜。"妈妈大笑起来，伸手摸了摸埃文的头，把他的头发温柔地弄乱，好像不想再谈这个话题。

"父母有时候也需要单独出门的。"埃文说。这是梅根曾经和他说过的话。当然，对她来说这很容易。她的父母没有离婚，而且还很有钱，至少比埃文家有钱。

不管怎么说，埃文最终还是说服了妈妈，但是现在行李箱却拉不上了。天气预报还说，热带风暴刚在加勒比海上空形成，下半周会沿东海岸一路上移。热带风暴可能会造成航班延误。

"也许我应该取消这次行程。" 妈妈一边说着，一边把整个身子都压到了行李箱上。可是不管她怎么压，拉链还是拉不上。

埃文一边使出全身的力气来和顽固的拉链作斗争，一边说道："你已经取消不了了。佩吉阿姨都到了，外婆也住到厄普顿家去了，就连杰茜都接受你要出差的事实了。你必须去。现在，我们拿一些东西出来吧。"

这时，楼梯口传来一阵谈笑声，接着，杰茜像个炮弹一样冲进房间。"快来看！快来看！"她尖叫着，抓住妈妈的手往门口拖。

"杰茜，杰茜！慢点儿！怎么了？"妈妈被杰茜拉出了房间。

埃文盯着行李箱。妈妈不在，他不知道能不能打开箱子，从里面拿一些东西出来。还有，杰茜怎么这么兴奋？不过倒也不奇怪，有时候，一个小玩意儿就能让她乐得跳起来。也许佩吉阿姨给她准备了惊喜？可能是只猫，尽管杰茜对猫毛过敏。天啊！如果真是这样就完蛋了，妈妈绝不允许这种事情发生在家里的。

埃文听见妈妈说了几句话，接着便传来一阵笑声。是男人的笑声，浑厚而低沉。埃文一个激灵，愣住了。他觉得胸口发堵，口舌发干，心跳加快。

埃文做了个深呼吸，挪着脚步朝楼梯走去。当他走下最后一级台阶，看向门厅的时候，眼前的情形正如他所料。

是爸爸！

可是，他仍然不敢相信自己的眼睛。他已经一年多没见过爸爸了，上一次还是去年爸爸来看他们的时候。那是个又湿又冷的三月，爸爸只待了半天就走了，说是要赶飞机。爸爸总是到处飞来飞去，随身行李永远是一个双肩包。

"嘿，埃文，我的小男子汉！"爸爸这么喊他。

"嗨，老爸。"埃文仍然站在楼梯旁，眼睛紧盯着靠在前门的黑色双肩包上。爸爸为什么会回来？还偏偏是今天！他离开了这么久——圣诞节没回来，整个春天也不见踪影，为什么独独挑了今天回来？

"到这里来！"爸爸的语气很友好，就是嗓门儿大了点儿。

杰茜还沉浸在狂喜中，她一边绕着爸爸转圈，一边喊着："爸爸回来了！爸爸回来了！"

埃文快步走下楼梯，一把抓住妹妹的手腕催促道："快来，我有东西要给你看，很重要的东西！"

"不要！我要和爸爸待在一起！"杰茜扭着身子挣扎着。但埃文又搂住了她的肩，让她慢慢地安静下来。

"我们一会儿就回来。"埃文坚定地说，"我给你看好玩的东西。"他推着杰茜朝楼梯走去。

"我们马上就回来，爸爸！"杰茜回头大声喊，"千万别走，好不好？"

埃文把杰茜带到她的房间，让她在床上坐好。"你有什么好东西要给我看？"杰茜嘴上问着，眼睛却盯着门外。

"你在这儿等着。"埃文跑回自己的房间，拿来一副扑克牌，又把杰茜的床头桌移到他们俩之间，再拿过一把椅子坐好，把扑克牌平摊在桌子上。

"变戏法啊？这有什么重要的！"杰茜说着站起

来，打算走出房间。

这时埃文开口说："这个魔术很有趣哦。而且，最后我会给你解密。"

杰茜犹豫了一下，重新走回床边坐好。

"这是一副普通的扑克牌。"埃文拿起牌，展示给杰茜看，证明没做任何手脚。"现在我要和你讲关于四个国王的故事。"埃文说着，从牌里找出四张K，并把它们抽了出来。

然后，他把这四张K的牌面朝下，放在自己的膝盖上。"再来确认一次。看好了，这副牌现在没有任

何问题。"埃文左手举着推开的牌，正面朝向杰茜，重新展示了一遍。

"现在，国王们要出去巡游了。第一位国王去了北边。"他让所有牌的牌面朝下，把第一张K插在这副牌靠近顶端的地方。"第二位国王去了南边。第三位往西边走了。第四位国王一路前行，直至遥远的东方。"埃文一边说着，一边将剩下的三张牌插进那摞牌中。

"就在这时，他们遇到了麻烦，一个邪恶的巫师出现了。他要扰乱这个世界，让它黑白颠倒、善恶不

分！杰茜注意了，我现在把这副牌一半正面朝上、一半正面朝下地重洗。"埃文洗了一遍又一遍。

"现在一切都乱套了，国王们怎么回家呢？你能不能帮帮他们，从这副牌中找出这四位国王，并把他们带回家？"

埃文将牌托在手心，递到杰茜的面前。杰茜大气也不敢出，眼睛紧盯着面前的牌，手垂在身体两侧，一动也不动。

"杰茜，把手盖在牌上，闭上眼睛说：'国王，回家吧！踏上归途，不再迷路！'"

杰茜安静而专注地看着牌，把手放在它们上面，

念出埃文刚刚说过的魔法咒语。

"好了。来看看你有没有找到他们。"埃文在桌上摊开牌，让它们正面朝上。现在，所有牌都已经正面朝上，只有四张牌例外。

杰茜屏着呼吸，将这四张正面朝下的牌飞快地抽出来。正是那四张K。

"你是怎么做到的？"她低声问。

"不是我做的。"埃文耸耸肩，把牌都收起来，"你才是那个找到国王并把他们送回家的人。"

"可这是为什么呢？"杰茜追问道。

"因为……"埃文说，"因为我得想办法让你安静下来，你刚才兴奋得像个疯子。"他开始洗牌。

"你……你是怎么做到的？"

"等会儿告诉你，现在我们到楼下去。你能保持冷静吗？"

杰茜一想到爸爸，又激动地喊起来："他回家了，埃文！他终于回来了！"

"是啊，是啊，我知道，但这又怎么样？"埃文垂下眼睛，看着手里的牌。他努力使自己保持镇定，"过不了多久他还会离开。也许今天，或者明天。"

"不会的，这次不会。"杰茜摇着头，"这次他带了旅行袋。"

埃文笑起来，短促而尖锐："他从来不带那玩意儿！"

"他带了。我看见了。就在大门外，放在台阶上。"

"你真是疯了。爸爸怎么可能……"

"不信你自己去看。"

埃文站起身，把扑克牌塞进裤子口袋，朝楼梯走去，杰茜也跟了上去。

他们俩走进厨房的时候，爸爸、妈妈正坐在餐桌旁。爸爸的面前放着一杯咖啡，妈妈的面前则是一杯白水。

爸爸站起来，对埃文说："嘿！到这边来，伙计！"

"都搞定了？"妈妈问埃文。

"当然了。"埃文答应着，朝爸爸走去。爸爸把他搂在怀里，一使劲便抱了起来。

"我想去外面看一下信箱。"埃文对妈妈说。

"时间还早，埃文。"她说，"恐怕信还没送来。"

"是早了点儿，但我还是想去看看。"

杰茜这时绕着餐桌蹭到埃文身边，抓住他的T恤后摆，和他一起往前门走去。埃文使劲拉开前门。

真的在那儿！一个黑色的超大帆布旅行袋安静地蹲在台阶上。里面肯定装满了衣服，可以穿好久好久……久到一辈子。

"你看，"杰茜在埃文的身后悄声地说，"他终于还是回家了。"

第三章
杯与球戏法

杯与球戏法：名词。让杯中的小球自行出现和消失的一种经典魔术。《现代魔法》一书的作者霍夫曼教授认为，它是"所有魔术的基础"。

电话铃响起的时候，爸爸正在给埃文和杰茜讲路边炸弹的故事。爸爸乘坐的载重汽车正行驶在公路上，炸弹突然在前方爆炸。"如果再往前五六米，"爸爸心有余悸地说，"我就见不到你们了，绝不是开玩笑。"

"杰克！"妈妈叫了起来，她看起来既生气又无奈——这是一种复杂的情绪，对杰茜来说，实在是太难读懂了，"我不希望你跟孩子们讲这样的故事。"

"为什么不可以？他们都已经长大了，不是小孩子了，对不对？"爸爸扭头对杰茜说。

杰茜点点头。"我才不是小孩子呢。"她瞥了一眼懒洋洋地靠在门框上的埃文。后者正拿着硬币在练习。

电话就是这时响起来的。声音很大，也很突兀，杰茜惊得几乎从椅子上跳起来。妈妈急急忙忙地冲过去接电话，似乎是想尽快截断这恼人的噪音。

"有时候，我都快忘记美国的电话铃声是什么样的了。"爸爸侧身靠向杰茜，眼角的笑纹轻轻地堆在一起，脸上闪烁着独有的招牌笑容。

杰茜多希望自己也能附和说："我也是！"她真心真意地希望自己能和爸爸一样，做一名勇敢而无畏的战地记者。她凑近去看爸爸的脸。她要好好看一看，爸爸和上一次相比有什么变化。所有人都说爸爸很好看，但是杰茜一直不太理解。还记得上次她偷听到外婆对妈妈说："杰克最大的问题就是太好看了，可是人却没有看起来的那么完美。"这让杰茜很困惑，长得好看怎么会是问题呢？

爸爸长着灰蓝色的眼睛、挺直的鼻子、高高的颧骨，还有强劲有力的下巴。他的头发很厚，颜色也深。跟上次比起来，只有头发好像长了那么一点儿，还有鬓角一小撮头发变成了灰白色。爸爸在变老吗？他每天都要跑五公里，人老了是做不到这点的。杰茜又看向爸爸放在餐桌边上的手。没有婚戒。以前他每次回来，杰茜都看到他戴着它。

"嘿！"妈妈对着无线电话机说，"出什么事了？一直没有你的消息，我都开始担心了。"

她拿着电话走进外婆的房间，顺手关上房门。外婆前天去她的老邻居厄普顿一家那儿了。妈妈决定出差后，担心佩吉阿姨同时照顾埃文、杰茜和外婆会很吃力，就把外婆送出去暂住一段时间。外婆如今有些健忘，比如她记不清现在是哪一年，也记不清为什么会搬来和杰茜一家住，有时甚至连外孙们的名字都会忘记。好在大家都已习惯，厄普顿一家也是外婆最好的朋友。外婆和他们在一起，应该不会有事。

但是现在，杰茜却担心这个电话是外婆打来的。也许外婆遇到了麻烦，也许她想他们了，也许她有什么东西坏掉了。杰茜用脚后跟轻磕着椅子腿，希望这种不舒服的感觉能被磕掉一些。

"嘿，埃文。"爸爸开口说话了，"过来，到这边来。"

埃文把硬币塞进口袋，磨磨蹭蹭地走到爸爸的身边。爸爸站起来，在埃文头顶上比画了一下高度，问："你这一年到底长高了多少？"

埃文耸了耸肩，没有作声。

"8厘米！"杰茜跳起来，像只蝴蝶一样在这两个男人之间飞舞着，"最近一次贝克尔医生体检的时候说的。她还说哥哥会长得和你一样高，也许比你还高呢！"

"比我还高？"爸爸挺直胸脯，努力拔高身形，"走着瞧吧！我还在长个儿呢！"

"才没有呢！才没有呢！"杰茜又叫又跳的，感觉身体里有一股股电流在奔跑。爸爸太好玩了！

"杰茜，冷静点儿！"埃文的口气和妈妈的一模一样。

杰茜转了个圈，朝着哥哥的方向停了下来："埃文·特斯奇，用不着你管！你又不是我的老板。"

"那你就疯去吧！"埃文说，"你看我还管不管你。"他扭头朝楼梯走去。

"你要去哪儿？"爸爸问道。

"他要去练魔术！"杰茜大声说。

"魔术？"爸爸的笑容咧得更大了，"我正好会几个小戏法。"他摩挲着下巴，"不过不知道还能不能记起来。"爸爸的下巴上有一些胡子茬儿。杰茜希望这些胡子不要再长长了，她可不喜欢爸爸大胡子的样子，一点儿也不像爸爸。

"要不你先表演给我们看看？"爸爸说。

埃文露出犹豫的样子。杰茜不明白他还犹豫什么。埃文很喜欢魔术，演得也棒，可他为什么不肯表演给爸爸看？

"他这就表演！"杰茜朝爸爸大声说道，又扭头对埃文说，"你就演那个把杯子里的球变没的魔术吧，这个最棒！或者演从帽子里往外倒水的那个。"

埃文终于同意了。他拿起三个红色塑料球，把三个杯子摆在桌子上，开始了表演。

无论看多少遍，杰茜都不知道埃文是怎么让这些

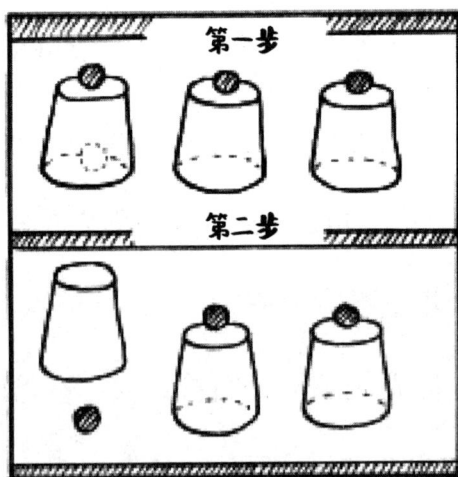

小球在杯子里出现又消失的。他先掀开一个杯子，在里面放一个球，然后把杯子移到桌子的另一边，再掀开杯子——里面却什么也没有，小球竟然跑到另一个杯子里了。他的手法快得令人难以置信。尽管霍夫曼教授的书里有这个魔术的答案，杰茜的眼睛仍然跟不上埃文的动作。

最后，当埃文在三个杯子里都变出小球的时候，爸爸忍不住赞叹："简直绝了！"

埃文笑了笑。从爸爸回家到现在，杰茜第一次看到埃文的笑容。

"要不我也来一个？"爸爸捡起三个小球，开始玩了起来。杰茜从没见爸爸这样玩过。

"只是热个身，我感觉自己有点儿生锈了。"爸爸一个一个地抓起小球，抛到半空中，然后又在它们落下来时，一个一个地接住。三个小球一个接着一个地在空中飞舞，越转越快，几乎形成了一个圆环。忽然之间，三个球变成了两个，转得更快了。杰茜紧紧盯着剩下的两个球。忽然间，空中只剩下一个球！爸爸不断地把它往上抛，让它在空中画出一个圆，再抓住它。

"你是怎么做到的？"杰茜大着嗓门儿问。埃文也不知不觉地和爸爸靠得更近。

"做什么啊？"爸爸问杰茜。

"怎么把球变没的啊！"

"变没了吗？"爸爸反问，"你确定？"话音刚落，空中的一个小球变成了两个。

"嘿！"杰茜大声叫道，"多了一……"她的话还没说完，空中飞舞的又是三个小球了。

"哇！"埃文忍不住赞叹，"太了不起了！"

爸爸大声笑着，把球还给埃文，"大学之后我就没表演过这个魔术了。这次竟然能一个球都不掉，我也很吃惊。"

"你可以教我这个魔术吗？"埃文热切地问。

"你的球玩得怎么样？"爸爸问。

"还……还不怎么样。"埃文磕磕巴巴地说。

"那就练练吧。"爸爸说，"练得越多越好，练好了我再教你。"

杰茜不知道，爸爸这么讲是不是意味着他会在这里多住一段时间。以前他每次来都只待一两天，每次都有特别紧急的事等着他赶过去。有时他说会多待一阵子，但总有意料之外的紧急事情发生，最后他还是被叫走了。可是这回，他不是随随便便答应的，他对埃文做了承诺。也许这次会不一样。

妈妈走进厨房，把电话听筒放回底座上，脸上是一副让人捉摸不透的奇怪表情。

"怎么啦？"埃文问。

"不用再为行李箱操心了。"妈妈说，"因为……我不去加利福尼亚了！"

第四章
调换

> 调换：动词。彼此互换，比如将一件事物换成另外的事物。在这一章中，指妈妈将照顾埃文和杰茜的人做出了调整。

"妈妈，你这是什么意思？"埃文想不明白。妈妈为这次旅行准备了好几个礼拜，她把家里上上下下该洗的东西全都洗了，连浴室也刷得干干净净，怎么可能说不去就不去了呢？

"刚才的电话是佩吉阿姨打来的。"妈妈说，"今天上午她出了点儿小事故。唉，胳膊骨折了，现在正躺在医院里。她不能过来了。"

"骨折的是哪根骨头？"杰茜问。

"我也不清楚。"妈妈摇着头回答，"我只知道她伤得不轻，医生已经决定给她做手术了。也就是说……没有人照顾你们，我哪儿也去不了了。"妈妈说完，扑通一声跌坐在椅子里。"再见了，加利福尼亚！再见了，小长假！再见了，所有的一切！"妈妈笑了起来。可是在埃文看来，她的笑比哭还让人难受。

"别担心，这不是什么大事。"爸爸倒了一杯咖啡，喝了两口，然后又加了一点儿。

"他可真自在！"埃文想，"好像是在他自己家一样！"不过话说回来，这里的确是他的家，曾经是。

"错过航班，取消出差，我一点儿也不难过。"妈妈说，"只是我很期待见到乔安娜，还有旧金山，还有……那些本来能挣到的钱。"妈妈是一位自由撰稿人，只有接到工作才能拿到钱。如果不出这趟差，她就拿不到客户的一分钱。到了该支付各种账单的时候，日子又要难过了。

"噢，别难过。"爸爸安慰道，"自由撰稿的活儿多的是。一笔生意做不成，总还有下一笔等着你。对不对？"

埃文忍不住想喊出来了："没你想的那么简单！"爸爸怎么能想象妈妈的艰辛？他偶尔会寄一些钱回来，但从来没什么规律，妈妈根本指望不上他。妈妈总是努力不在埃文他们面前表现出窘迫，但是，从妈妈的电话对话中，从她每个月拿到账单时紧锁的眉头中，埃文非常清楚，日子过得有多艰难。

"妈妈！"埃文说，"你还是能去的。我和杰茜可以去别人家住，亚当家就挺好，杰克家也不错。"

"我才不要在别人家睡呢！"杰茜说，"我睡不着……"杰茜可怜巴巴地看着妈妈，眼里的紧张一目了然。除了在自己家和外婆家，杰茜从来不在别人家过夜。

"那就找人来我们家好了，应该有人可以……"埃文建议。

"来不及了。我的航班两小时后就要起飞，我不可能在这么短的时间内把人家匆匆忙忙地叫过来，却要人家帮我带好几天的孩子。很多事情要提前安排。这次出差，我可是提前两个月给佩吉打的电话。"

埃文仍不死心，觉得一定会有补救的办法："妈妈，你必须去……"

妈妈笑了，她把手放在埃文的肩膀上。从妈妈的眼神里，埃文知道妈妈明白自己内心的想法。他们之间总是这样，无需过多语言，就能读懂对方。

"爸爸可以在这里陪我们呀。"杰茜脱口而出。

房间里突然安静了一会儿。

"噢，杰茜！"妈妈摇着头喊起来。

"不行！"埃文的声音大得把他自己都吓了一跳。

爸爸转过头来，一副侧耳倾听的样子。

"你爸爸他……"妈妈艰难地斟酌用词。

"好了，苏珊。"爸爸坚持着说，"我可以的。不管怎么说，我是他们的爸爸。"

"耶！万岁！万万岁！"杰茜欢呼着跳起来，"太棒了！酷毙了！"

"杰茜，别蹦了！"妈妈阻止道，"爸爸不可能留下来陪你们的。"她又把头转向自己的前夫，"这可是一整周啊，杰克。你怎么可能和孩子们待上一整个礼拜！"

"我可以的。"爸爸说，"不就七天嘛，没问题。"他把胳膊交叉抱在胸前，一副气定神闲的样子。

"你不可能有那么长的时间的。"埃文的口气并不友好，"你回来的时间从来没有超过两天。"

"这么说来，这一次……"爸爸看向埃文，"我得试着多待几天喽。"

"我们才不需要你试呢！"埃文的这些话都没经过大脑思考，就直接滑过舌头，从他的嘴里冲了出来。

"埃文！"妈妈的声音里带着责备，"不是那个原因……呃……杰克，我知道，肯定有什么地方正等着你赶过去。你下一个任务是什么？"

"我正好刚结束一个任务。"爸爸耸了耸肩，"满世界地跑得太久了，这次正好歇歇。"

"可是……"妈妈低头看着掌心，好像那里写着答案，"你不能……我的意思是，你不能那个……"她的目光穿过玻璃推门，越过门廊，一直望向外面那杂草丛生的院子。然后，她又把目光收了回来，投在爸爸的身上。"如果你决定留下来，那你就必须真的留下来，不能半途改变主意突然离开，就像……就像他们小的时候那样。你必须保证在这里待满日子，直到我回来。"

"我知道了。"爸爸似乎有些不耐烦。埃文记得他们以前总是这样：妈妈唠唠叨叨地倾诉，爸爸不耐烦地发脾气。他们之间的那些争吵他记忆犹新。

"他们已经不是小孩子了，苏珊。你总把他们当成什么也不懂的小孩子，好像他们没法照顾自己似的。你知道吗？在这个世界上，有的地方，像他们这么大的孩子都已经可以放羊、带孩子，甚至养家了，可我在美国看到的孩子却……"他摇了摇头，停了下来。埃文模糊地感觉到，爸爸对他和杰茜有些失望。

"我很坚强的！"杰茜大声地说，"埃文也一样！对不对啊，埃文？"

"安静，小杰茜。你都不明白他们俩在谈什么就乱插嘴。"

"我明白的！我明白的！爸爸回家了，他要和我们待在一起。他答应了的！"

"哼哼哈嘿，放马过来！"爸爸笑着站了起来，"杰茜是家里最聪明的人。她都认为这是一个好主意，那这就是一个好主意。"

埃文感觉自己的脑袋仿佛被又快又狠地踢了一

脚。每次爸爸回来家里都会这样：杰茜兴奋得像个难以控制的弹簧；妈妈说话言不由衷，做事犹豫不决。一切都和原来的不一样，偏离了轨道。

爸爸帮助妈妈重新收拾打包，行李箱终于可以关上了。妈妈拖着它出发了。

第五章
夸大其词

夸张：形容词。夸大。本书指魔术表演中的一个技巧，魔术师用夸张的肢体动作向观众展示事物，诱导观众注意某些动作，从而忽略自己想要掩盖的动作。

"好了，现在告诉我，平时你们俩在家都玩些什么？"爸爸拍拍手，然后又相互搓了搓，好像要给大家做一份大餐似的。

"好多好玩的呢！"杰茜说。

"我要回我的房间了。"埃文说着，扭头便朝楼梯走去。

"你们觉得我怎样做才好呢？我刚到家，而你们的妈妈刚走……"爸爸不时地挑起眉毛，好像打算做些什么妈妈平常不允许的、激动人心的趣事，杰茜兴奋得心都要从嗓子眼儿里跳出来了。

"什么意思？妈妈不在家……你就可以逃跑了？"埃文转过身问道。

"拜托，埃文！"爸爸晃着脑袋笑着，"放轻松点儿，好不好？"

"我要回我的房间了。"埃文再次强调。这一次爸爸没再挽留。

"埃文到底在生什么气啊？"爸爸一边嘀咕着，

一边穿过厨房去拿他的双肩包。

"他生气了？"杰茜问道。

"是啊，很明显嘛。"

"但是他没有大喊大叫啊。"杰茜开始陈述事实。

"这个……"

"而且他也没有大喊谁的名字，或者说自己生气了。"

"话虽如此，可是……"

"更何况，他也没有摆臭脸。"杰茜说着，把自己的脸一板，装出一副面无表情的样子。

"你说的倒也没错，但是他真的生气了。你看不出来吗？"爸爸定定地盯着杰茜。

杰茜开始感觉也想回自己的房间了。她想关上门，去读那本《夏洛的网》。

爸爸从裤子口袋里掏出手机。

"这手机真不赖。"杰茜赞叹着。它的彩色触摸屏很大，大得可以用来看电影。而妈妈的手机连个触摸屏都没有，是那种在营业厅签个协议就可以拿到的免费手机。然而，就是这样一个破手机，妈妈都用了五年多。

爸爸心不在焉地点着手机屏幕，屏幕上的文字和图片快速地飞过："没有手机我简直活不了。"

"怎么可能！"杰茜说，"你太夸张了。"杰茜不喜欢夸张，她喜欢实事求是。

"嗯嗯，没错。"爸爸答应着，眼睛却没有离开屏幕，"我明白你的意思……只是……给我几分钟好不好？让我先看一下订阅。"

"什么是订阅？"杰茜扬着头问。它听起来好像是一种什么报告。

"就是我链接到一个……呃……就像是……一个

地方。它能告诉我这个世界上正在发生的事情，它可以让我比其他人更早地了解某些事。"

"那现在世界上发生什么事情了？"杰茜问。

"太多了。每一天、每一分钟都在发生各种事情，其中一些事情是需要我去报道的。"

"可是你刚才对妈妈说你刚结束一个任务，现在打算休息一下。"

"是啊，我是这么说来着，但是真正的记者是从来不会休息的。"

"你的意思是说，你刚才撒谎了……"

爸爸举起一只手，阻止杰茜继续说下去，开始一心一意地研究手机里的订阅信息，最后他点击了页面上的一个按钮，把手机塞进了裤子口袋。"好吧，现在什么事情也没发生，至少没什么大事。所以，咱们现在干什么好呢？"他的脸上挂着大大的笑容。

"我想带你参观我的房间！"杰茜大声说道。

杰茜向爸爸介绍自己房间里所有能看见的东西：最新的搜集品、家庭作业、试卷、从图书馆借来的正在看的书，还有用来装饰墙面的画和海报。然后，她又拿出自己撰写、编辑的班级小报。爸爸快速浏览了每一份报纸，但没有仔细读文章。杰茜就大声地读出每份报纸的头版报道，这样，爸爸就能知道报纸的精华内容了。

"还有，我已经存了81块4角3分。"杰茜合起报纸，自豪地说。她真想把存款箱拿给爸爸看，但她很快又想到了自己的原则——永远不向别人展示存款。

"不错啊！"爸爸说，"你和你妈妈一样喜欢存钱，和我正相反！"爸爸往后一倒，舒舒服服地躺在杰茜的床上，头正好靠在床头板上。爸爸总喜欢靠着什么东西。杰茜还记得妈妈回忆她第一次遇见爸爸时，爸爸正靠在一辆樱桃红的运动跑车上。那辆跑车其实不是爸爸的，但是"他靠在上面的样子真是帅极了"。妈妈每次讲到这里，都会笑着说出这句话。

"可不可以不把鞋子放到床上？"杰茜指着爸爸的双脚大声地问，它们差一点儿就要碰到杰茜的毛绒玩具了。

爸爸把脚从被子上举起来，放到床下："老实说，杰茜，对一个9岁的孩子来说，你的钱真的很多了。"

"再过几个月我就10岁了。"杰茜强调着。

"我知道。"爸爸说。

"十月八号。"杰茜补充道。

"我记得，杰茜。"

"这些你才不会记得呢。"

"我一直记着呢，"爸爸说，"只是有时候我太忙了，没来得及给你寄礼物或打电话。你知道的，做一名战地记者不容易。我……唉，你根本无法想象我在战场上看见了什么……"爸爸的声音越来越小，直至消失。有那么一刻，他的思绪仿佛飘出了这个小小的屋子。"但是，我一直记着你的生日。无论我在哪里，我都会在那一天为你唱生日歌。祝你生日快乐，祝你生日快乐，亲爱的杰茜·安·温妮·维尼熊·坦普尔顿·夏洛特·威尔伯·特斯奇……祝你生日快乐！"

听到爸爸把这么一大长串故事里的人物的名字，不顾韵律地串在一起，塞到生日歌里，杰茜笑得前仰后合。爸爸最擅长改编儿歌、讲笑话和做逗人笑的傻事情，她真是爱死爸爸了！这个世界上，再没有比他更棒的爸爸了！

第六章
魔法兔箱

魔法兔箱：名词。为魔术特别制作的一个道具。它的外观像普通的箱子，内部设置了隐形翻板、镜子，以及可以藏下一只兔子的隔断空间。在本章中，埃文想做一个魔法兔箱。

嘿，皮特：

请问你有没有多余的木板边角料？我想做一个魔法兔箱，可我没有木板。我把设计图寄给你，麻烦你按照图纸把木头切割好，然后再寄给我，好吗？我可以在家里把它们组装起来。

非常感谢！

埃文

嘿，大小伙子：

很高兴收到你的来信。

我当然可以帮你把木板切割好再寄给你，但是木板很重，运费会贵得吓人。要不你看看家里的储藏室里有没有闲置的木板，在家附近找会用锯子的人来帮你。呵呵，昨天我还去你外婆那儿锯木头了。很高兴她能回来小住几天。你们也来玩吧，大家都来！我很期待你这个小帮手呢！

长高点儿，小伙子！

皮特

埃文盯着电脑屏幕，多希望自己能把皮特的回信重新写一遍。如果回信是这样的该多好：嘿，埃文，要不我直接去你那儿帮你做一个魔法兔箱吧。我们俩一起做，就像之前你外婆家的房子着火后我们一起修她的房子一样。

埃文又看了看霍夫曼教授写的那本《现代魔法》。书上的图看起来很简单，只需要七块木板、两个铰链和一个门闩。这个做起来貌似不难，关键问题是如何切割木板。皮特教过埃文如何钉钉子、用砂纸打磨木头、给木头上漆。埃文又把书上的示意图研究了一番，这才带上书下楼。

杰茜正绕着门廊溜达，悠闲地拍打着遇到的每一根栏杆。爸爸还在看手机。午后的阳光有些刺眼，爸爸眯着眼睛盯着手机，一动也不动。埃文推开纱窗推拉门，走到了屋外。

"嗨！"爸爸抬头跟他打了个招呼，"这座房子好像在信号盲区。"

杰茜大笑起来，不断地重复着爸爸的话："房子好像在信号盲区，房子好像在信号盲区。"

埃文没有理会杰茜，径直问："老爸，你会用木头做箱子吗？"

"木头？应该没问题，不过具体要看想做什么了。"

"魔法兔箱！"杰茜走到埃文身边，看着他手里翻开的书页，"为了魔术秀。"杰茜顿了一会儿，忽然兴奋起来，"我有个好主意，我们卖门票！我保证可以挣50块钱。这可是笔大钱！"

"我们不卖门票！"埃文斩钉截铁地说。在爸爸面前谈表演秀，这让他有些尴尬。

"为什么不呢？"爸爸问，"你觉得自己的表演不够好？"

"他的表演棒极了！"杰茜大声说，"但是他还需要一个大型的压轴节目，能够把观众震住的那种。"

"你打算在哪里表演魔术秀？"爸爸问道，"在剧院礼堂吗？"

"不是。"埃文含糊不清地说，"我也还没想清楚，也许是在地下室吧。"每次他在脑海里想象表演的场景时，都会想起剧院礼堂。那儿才是真正的舞台，台上的设备很专业，台下坐着无数的观众。但是他很清楚，这是不可能的。

"不能去地下室！"爸爸头也不抬地说，"没出息的人才去那儿。你的表演不能这么马虎，它得让人印象深刻，所以你需要一个舞台，还要有幕布、追光灯，舞台配置一样都不能少。如果你想赚钱，就必须表现得专业。"

"我们可以建一个舞台。"杰茜说，"一个真正的舞台！"

"或者我们……"

爸爸的话还没说完，埃文便开口打断了他："但我不是专业的。"

"那就假装是专业的。这个世界上半数以上的人都在装样子。你表现得专业，人们就会把你当成专家，然后你就会发现——嘿，你真的是个专家。"爸爸把双臂交叉抱在胸前，惬意地靠向门廊的栏杆。

"别靠！"埃文和杰茜同时大喊。

太晚了！门廊的木头栏杆嘎吱嘎吱地响了几声，轰的一下塌了，爸爸倒在草坪上，门廊栏杆则多了一个一米多宽的缺口。

"你把栏杆弄坏了！"杰茜明确地强调。

"呃，我摔这一下，总比你们摔下来要好吧？这个栏杆太危险了，随时都可能发生事故。你们的妈妈居然放心把你们留在外面玩。"

"没你说的那么吓人。"埃文说，"要不是你靠过去，它们还是好好的。"

爸爸没有说话，而是晃了晃那些还没有倒塌的栏杆，就好像在检查松动的牙齿，准备随时把它们拔掉一样。

"别乱动！"埃文大声说，"别越弄越糟。"

"这些栏杆必须拆掉，它们已经松了，而且……"他伸直手臂，在空中画了一个半圆，"这里可以做你的舞台。"

"什么？"埃文简直难以置信。

"我们把门廊的这一半栏杆都拆了，它们坏成这样，必须得拆。接下来在门廊上挂上帘子，在草坪上摆上椅子，舞台就搭建好了。"

爸爸这么一说，埃文也看出来了。一个真正的舞台！简直太妙了。

杰茜在一旁上上下下地蹦着。"我们可以在下周举行魔术秀，这样就有一周的准备时间。我可以做一期特刊，头版用来宣传魔术秀，让大家都来看表演，这样就可以卖我自制的门票。"她越说越高兴，"我要发财啦！"

"她可真够兴奋的。"爸爸摇着头笑着，好像是在和埃文分享独属于他们俩的秘密。

"她也不是经常这样。"埃文说。但是，爸爸怎么可能知道呢？他很少回家，很少看到他们。他不知道每次他一出现，杰茜总是特别兴奋。

"你是怎么想的？"爸爸问。

埃文很清楚自己是怎么想的。他知道妈妈肯定不会同意拆掉门廊上的栏杆，也不会允许杰茜如此兴奋地跳个不停，更不会希望上百人聚集在自家的后院。但是，这是个舞台，一个真正的舞台！而且，爸爸愿意帮他搭建起来。他们俩可以一起做这件事。埃文知道妈妈会反对，但是，他无法拒绝一个舞台的诱惑。

他把画有魔法兔箱的书递给爸爸。"你能做这个吗？"他问。

第七章
魔术师助手

魔术师助手：名词。在舞台上协助魔术师表演的人。这个助手必须有高超的表演技能，胜任许多高难度的魔术手法。在本章中，杰茜为了成为埃文的魔术师助手，想尽了办法。

杰茜平时挺喜欢待在学校的，尤其是星期

一。她喜欢在课桌上找到早课练习的数学卷子；她喜欢和数学老师欧弗顿夫人聊天；她喜欢阅读课、写作课、科学课和社会学课……在所有这些事情中，她最喜欢的还是测验，因为每次测验她都能拿满分。杰茜喜欢这种感觉——知道自己在某些方面做得比别人好。这样，即使遇到不擅长的事情时，也不会觉得困难重重。

但是今天，她巴不得在校的时间快快结束。

今天从一开始就不顺。爸爸没有给她和埃文准备早餐，甚至在他们去上学的时候都还没起床。杰茜知道怎么泡麦片，也会烤面包。杰茜最喜欢爸爸这次买的这种面包，她喜欢把它们剖开，夹上奶油和奶酪一起烤。可是爸爸没有把面包切成片，而妈妈不允许她和埃文擅自动那把又重又大的锯齿面包刀。如果妈妈在家的话，她会事先就把面包准备好，等着杰茜穿好衣服下楼。然后，妈妈会帮杰茜把头发扎成马尾，而不会让她像今天这样，顶着一头乱糟糟的头发去学校。

杰茜希望今天快点儿结束的另一个原因，是想快点儿回家完成《4-O论坛》最后的编辑工作。她打算用整个头版来宣传魔术秀，这样就可以招揽到更多观众，卖出更多的门票。当然，还要留一点儿版面给气象报告，写一篇应对暴风雨天气的文章。

杰茜一直在《4-O论坛》里做当月天气总结。她喜欢从学校气象站那里搜集数据。气象站里有温度计、气压计、风向标、风速计以及雨量测量器。学年刚刚开始的时候，四年级的学生为了争抢爬到体育馆房顶上摘抄数据的特权，差点儿打了起来。现在，这个学年已经快结束了，只剩下她和大卫·克里安两个人还在"争"这个特权。

气象站数据记录

星期： **星期一**　　　　时间： **上午8:52**

气温： **26摄氏度**

气压： **29.84** ↑

风向： **西北**

风速： **20~25米/小时**

雨量： **0**

欧弗顿夫人说，气象站最近的数据可能会比较失常。巴哈马群岛的热带风暴已经形成，所有人都要注意天气预报。现在外面一丝风也没有，又热又闷。

杰茜最想结束这一天的最后一个原因，是她想去问问埃文，自己能不能参加他的魔术秀。昨天她已经和埃文说过想做魔术师助手，但是他回答："我考虑一下。"今天她想再试一次。

"我回来了！"杰茜一进家门就大声喊道，可是没人回应她。平时这个时候，妈妈会在厨房等着她回家。但是今天，妈妈在加利福尼亚，星期六中午之前都不会回来。今天才是星期一，那意味着还要等五天妈妈才会回来。

杰茜瞄了一眼厨房的台面，看有没有留言条。什么也没有！而埃文，去他的好朋友赖安家了。

杰茜打开厨房里的电脑，然后从冰箱里拿出一盒黑莓果冻。在学校的时候她便想好了说服埃文的理由。她坐在电脑前，在搜索框里输入：怎样才能捉住兔子？

杰茜并不喜欢动物。她不喜欢它们身上的味道，也不喜欢它们随地大小便。每次在街上看到狗，她都会躲到马路的另一边。如果她去的朋友家正好养了狗的话，她就会抱起手臂，把手插到腋窝下，和狗保持安全距离。那马又怎么样呢？杰茜和马的距离，从来不会小于五六米。被那家伙踢一下，即使头盖骨不碎，也得在医院里躺个够了。但是杰茜想参加表演秀，而埃文需要兔子。也许他们可以想想办法，帮对方解决问题。

前门咯吱地响了一声，埃文走进厨房，啪的一下把书包扔在门廊的地上。

"妈妈说过的，东西要好好地放起来。"杰茜提醒道。

"妈妈又不在家。"埃文嘟囔着说。

"就算她不在家，你也得放好。"杰茜本不想和埃文说这么多的，但是想到魔术秀，她改变了主意。"我来帮你放书包吧！"她说。

埃文耸耸肩，表示无所谓，但是杰茜看得出他对她的态度有点儿摸不着头脑。杰茜把埃文又大又重的双肩包拖到玄关衣帽间，回到厨房时埃文已经拿着一大包立体脆和一满杯橘子汁走上了楼梯。看到这一切，杰茜咬着嘴唇，忍了又忍，才没有把提醒的话说出口——妈妈不许他们在卧室里吃东西。她只是默默地跟在他的后面，一起上了楼。

"那个……我可以做你的助手吗？"走到埃文的房间门口时，杰茜开口了。

"嗯……我会考虑一下的。"埃文说着，把前几天从地下室拿上来的那个折叠小圆桌支起来。他打算用它做表演里的置物台。

"你昨天也是这么说的。"杰茜说。

"没错，我今天也可以这么说。"

"为什么我不行？"

"我没说你不行，我是说我会考虑一下。"

"那就等于说不行啊，大人们不是都这么说话的嘛。"对于埃文和杰茜，这已经算是相互间最重的指责了。

"是这样的，小杰茜，你有点儿那个……"埃文往桌子上面压了压，确认每条桌腿都稳固牢靠，"呃……我说不太清楚……那个……做助手得灵活。你必须得手脚麻利、动作到位，而且，那个……你不能把事情搞得一团糟。你的一个小小的错误，就会毁掉整个表演。"

"我不会的！我不会的！我向你保证。"杰茜急切地证明自己，"我会不停地练习，我会把所有事情都做得准确到位。"杰茜真的想站在舞台上，想让所有人看到自己完美的样子，并为自己喝彩。但是，在所有原因中，最重要的是，她想和埃文一起做点儿什么。他们俩一起做过许多事情——一起卖柠檬水，一起搭建弹珠轨道积木，还一起玩各种游戏。但是现在，他总是一个人做事情。埃文变了，变得越来越成熟，越来越严肃，就像成年人一样。杰茜不喜欢埃文变成这样。

"我不能保证。"埃文说，"这个魔术秀真的……嗯……真的很重要，它不是小孩子玩过家家。"

杰茜不住地点头，她知道它的重要性。首先，这个表演可以让他们挣很多钱。钱很重要——至少对杰茜来说是这样——所以表演也很重要。其次，爸爸会来看这场表演。她希望这场表演可以打动他，让他知道杰茜和埃文很了不起，可以做很多事情。他们俩已经不再是过去那两个小宝宝了，他们已经长大，成了爸爸期望中的完美小孩。

"我帮你搞定兔子，怎么样？"杰茜脱口而出，"如果我弄到了兔子，你就让我来做你的助手。好吗？"

埃文给了她一个敷衍的笑容，那笑容就好像一个成熟的大孩子在看一个傻乎乎的小屁孩。"你打算怎么搞定呢？"他问。

"我自有我的办法，不用你操心。你就说我这个建议怎么样？"

埃文伸出一只手挥了挥："好啊，你给我一只兔子，我就给你助手的头衔。"

"成交！"

电脑搜索出来的捉兔子的答案似乎很简单，还有示意图。

杰茜要先找一个箱子。这个箱子得够大，这样才能罩得住兔子；它还得够重，这样兔子才不会把它掀

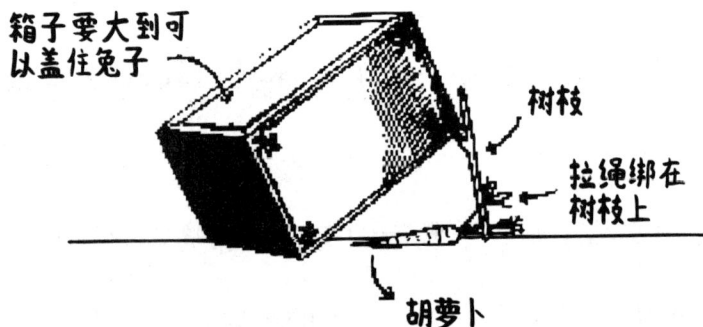

箱子要大到可以盖住兔子

树枝

拉绳绑在树枝上

胡萝卜

翻逃跑；要一根"Y"字形的树枝，这样才能稳稳地支起箱子；还要一根结实的绳子，可以一下子就把支撑箱子的树枝拉倒；最后，还要找一些兔子爱吃的食物做诱饵。

一切看起来再简单不过了，一个诱捕陷阱就可以捉住兔子。但是杰茜需要马上就有一只兔子，保险起见，她决定同时布置五个诱捕陷阱。

幸运的是，地下室有很多尺寸和形状各异的纸箱。但是纸箱太轻，扣不住兔子。杰茜用宽胶带在每个箱子的顶部固定了两块石块，就像给纸箱背了一个双肩包。

"你在做什么呢？"杰茜在院子里给第五个箱子固定石块的时候，梅根走了进来。梅根是杰茜最好的朋友，她家就住在杰茜家这条街上。

"嘘——安静点儿，我正准备抓兔子。"

"这个东西怎么能抓住兔子？"梅根反问道。

"一会儿你就知道了。"杰茜准备好纸箱子，又开始准备诱饵。杰茜不愿意花钱买胡萝卜，就用小红萝卜代替，但是她又有些担心，"兔子无法辨别红色。"尽管如此，她还是希望它们能闻到小红萝卜的味道，一蹦一跳地跑过来。她非常想要一只兔子，一只就够了！

梅根问："你觉得兔子愿意被捉住吗？"

"兔子才不会考虑这些问题呢。"杰茜不喜欢梅根的问题，赶紧转换话题，"把你的手放到这下面来，我先做个测试。"

梅根按照杰茜说的，把手放在箱子下面。杰茜猛地一拉树枝，纸箱子砸了下来。

"唉哟！"梅根大喊一声，把手从纸箱子下面抽出来。

"伤到没有？"杰茜急忙问道，"有没有骨折？"

"没事，不是特别疼！"梅根一边揉着手腕，一边问道，"为什么要试这个？"

"我不希望兔子受伤。最好兔子被扣在下面，一点儿也不要被砸伤。"

杰茜重新用树枝支起纸箱，调整了位置，一切准备就绪。

第八章
道具

道具：名词。演出或摄制影视片时表演用的器物，此处指一种特别设计的、用于迷惑观众的装置，比如魔法兔箱。

埃文看了一眼地下室墙上的钟表，差一刻钟3点。妈妈说过会在3点打来电话，昨天因为时区不同的原因，他们错过了妈妈的电话。今天，埃文算好了时差，做好了准备。埃文太想听妈妈的声音了。他想确定妈妈现在安然无恙，就像她一直说的那样。他想告诉妈妈，自己正在准备一场魔术秀。

埃文用妈妈放在工具架子上的钢锯开始锯木头。因为用得不顺手，木头锯得歪歪扭扭的。一阵忙活下来，胳膊已经累得抬不起来了，可魔法兔箱的一面木板都还没有锯好。他本来计划用三天时间锯好六片木板，但以现在的进度看来，得加快速度了。

为了不错过电话，埃文一直支着耳朵听各种声音。今天爸爸出门了，一旦听到爸爸回来的声音，他得毫不犹豫地停下手中的锯子，飞快地跑上楼去。如果被爸爸看到他在用锯子，那随之而来的唠叨是免不了的，比如他太小还不能用锯子，这些工具有多危险之类的。

埃文正心神不定地想着，一个声音忽然响了起来："嘿，你在干吗呢？"

埃文被吓得惊跳起来，锯子还紧握在手里。

"你在鼓捣什么玩意儿？"爸爸问道。

"呃……呃……就是昨天给你看过的那个……魔法兔箱。这是图纸。"埃文结结巴巴地说。他很仔细地画了魔法兔箱的设计草图，图纸上有制作兔箱所需的组成部件和五金材料。

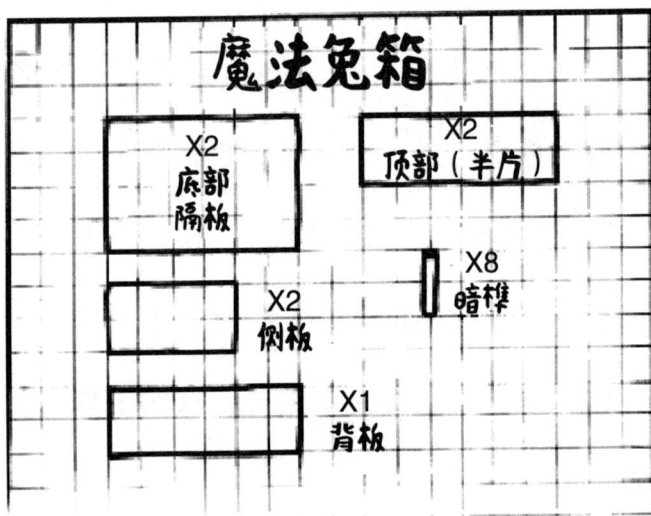

爸爸昨天对这个好像毫无兴趣，今天他却说：

"嗯……我觉得你选错工具了。这块木头这么厚，你就算锯得出来，边缘肯定也不平整，坑坑洼洼的。"

"啊？"埃文不敢相信，爸爸竟然没有冲他大喊大叫，竟然没有教训他不经成年人指导擅自使用锯子。爸爸表现得如此淡定，好像埃文锯木头是最平常不过的事情。埃文真希望妈妈也能如此冷静，不要总把他当成个小婴儿。

"那你能锯这些木板吗？"埃文看向爸爸。

爸爸摇着头："这块木头又厚又大，你这把小钢锯可搞不定。我这不刚刚出去了嘛，就是去木材市场转了转，想请人帮我们切割木板。"

"啊？"埃文再一次吃惊地盯着爸爸，"你不是在开玩笑吧？你说的是真的？"他终于问了出来。

"当然了。你这个图纸我昨天其实已经看到了，我把你的设计图纸拍了照片，给木材市场的人看了。他们说你的图纸画得很不错，还说就喜欢你这样的设计师。我告诉他们：'我儿子做得当然很好，他可是特斯奇家的人！'"爸爸说完，冲埃文眨了眨眼睛，然后从车里取出几块木板。

木板切割得堪称完美，每一块都平平整整。埃文和爸爸一起组装起来。埃文说："要在两块木板的连接处涂上胶水，这样木头才能粘得更牢。再用榔头在上面敲上一排固定用的小钉子，这样就更保险了。"这些都是皮特之前教过他的。

"等木头箱子上的胶水完全晾干后，才能用砂纸打磨。"埃文又说，"先用粗糙的砂纸打磨，再用细砂纸好好地打磨一遍。"

爸爸显然被埃文的博学震住了，"你是真懂这些木工活啊，埃文。你从哪儿学到的这些东西？"爸爸用指尖摩挲着箱子的顶盖感叹道。他们俩刚用铰链把两片活页顶盖安装好。黄铜制的铰链闪闪发光，看起来很高级的样子。埃文在木板上量好尺寸，并用凿子刻了标记，这样，安装好的铰链对称又灵活。"那些不起眼的地方——小小的细节——才是让你的作品完美的关键。"皮特曾和他这样说过。

"我只是把以前看到、听到过的东西记下来而已，我们总能从别人那儿学到一点儿东西。"埃文仔细地把榔头和凿子放回工具架上。他不想和爸爸谈论皮特。

电话铃声响起。埃文一愣，他看了爸爸一眼，随即飞快地冲上楼梯。他必须在电话响第四声之前把它拿起来。因为在四声铃声之后，电话就会自动转接到语音信箱。

"我不知道你妈为什么还用固定电话，现在都没有人用固定电话了。"爸爸跟在埃文的后面抱怨道。

埃文脚步没停。"因为我没有手机，杰茜也没有。"他有些恼怒，爸爸竟然连这个都没有看出来。

在第四声铃声就要响起的那一刻，埃文抓起电话听筒，心里却忍不住想着："哦，手机！那得多酷啊！"他的一些朋友已经有手机了。圣诞节的时候他也向妈妈要过手机，可是妈妈说他还太小。

"嘿！你们好吗？我好想你们呀！"妈妈的声音从电话中传出来，听起来非常开心，好像也有点儿气喘吁吁。

"我们很好。你那里怎么样？坐飞机一路还好吗？"他知道妈妈对于坐飞机有一点儿焦虑。她很少坐飞机出行。

"一切都很好，很有趣，我的邻座人不错，我们俩几乎聊了一路。"妈妈问，"今天在学校过得怎么样？那些蝴蝶出蛹了吗？"

"还没呢。"埃文说，"但是欧弗顿夫人说可能明天就出来了。"

"太好了，你可不能错过那一刻。赖安回来上课了吗？"

"回来了。但是他早早地就回家了，他说他还是感觉有点儿不舒服。"

"可怜的孩子！那你怎么样呢？这两天你都干什么了？我简直不敢相信，我有整整两天没见到你了！"

"没什么。"埃文说。

"没什么？不会吧！我走之后你肯定做了不少事情吧？"

埃文没有说话。他可不想告诉妈妈自己在地下室锯木头，也不想说他们把门廊的栏杆都拆了。就连魔术秀的事情，他也不想告诉妈妈。怎么会这样？另外，他也不想让爸爸听到自己和妈妈的谈话。以前，妈妈在家，电话的那头是爸爸。如今反了过来，爸爸在家，电话的那头是妈妈。这让人感觉怪怪的。

埃文忽然不想打电话了。他想回去和爸爸一起继续忙他的魔法兔箱。

"什么特别的事情也没有，就是上学、放学，做和往常一样的那些事情。"埃文说，"妈妈，你还有其他事情吗？我还有作业没写完，我要挂电话了。"

"等等，先别挂！"妈妈说。埃文听得出她语气里的惊讶。

"家里一切都正常吗？你们和爸爸相处得如何？"

埃文犹豫了。该怎么说呢？难道说："我和他一起开心极了。我们俩一整个下午都待在一起做木工。他之前给我们变了个戏法，还答应要帮我搭建一个魔术秀的舞台。"如果他这样说，妈妈是会高兴还是失落呢？埃文还记得爸爸刚刚离开这个家时妈妈伤心欲绝的样子，她哭了好几个礼拜。每次埃文路过房门紧闭的洗手间，都能听到里面传来妈妈的抽泣声，夹杂着水龙头的流水声。那时候的妈妈实在太难熬了。杰茜大概已经不记得这些了，那个时候她还太小。

"就那样，还行。"埃文说。

"真的？我很担心……"

"呃……说实话，我们相处得挺好的，妈妈。别担心，玩得开心点儿。"

"好吧，好吧，你去忙你的。我能和杰茜聊聊吗？"

"她去梅根家了。"

"哦，好吧。那就这样吧，我明天再打来。再见！"

在电话挂断的瞬间，他好像听见妈妈在电话那头说了句"我爱你"。

杰茜也在这时冲了进来："是妈妈吗？我想和她说话。"

"你来晚了。"埃文举起手里的电话听筒挥了挥，示意电话已经挂断了。

"我忘记了！"杰茜哀号道，"我在梅根家忽然想起这件事，就立刻跑回家了。我给妈妈打回去。"

"不行。她在开会呢，你知道的。她明天会再打过来的。"

"我等不及了！"

埃文耸了耸肩。他已经长大了，明白有时候总会发生一些不尽如人意的事情，一个人不可能事事如愿，但他也对杰茜的心情感同身受。如果他和杰茜一样错过了这通电话，肯定也会懊恼至极的。

"嘿，你有没有捉到兔子？"埃文转换话题，笑着问道。

"还不知道呢，我支了五个捕兔子的陷阱。"她跑到窗口，往后院打量起来。

"你支了陷阱？什么样的陷阱？"埃文也跑到窗口向外张望，脑海里同时浮现出一幅可怕的场景——院子里支着巨大的铁夹子，一旦有小动物触碰，铁夹子的两排金属锯齿瞬间合拢，一下子夹住小动物们的后腿，但是当他看向院子的时候，却只看到几个倾斜的纸箱，像礼帽一样斜扣在地上。

"埃文！"杰茜压低声音说，"有一个箱子扣到地上了，我抓到一只兔子了！"

第九章
丢弃

> 丢弃：动词。扔掉、抛弃。此处指用手法技巧，把物品藏到观众看不见的地方。

杰茜飞快地跑出去，埃文紧随其后。两人一路推搡着，都想早一步跑到纸箱前。冲到门廊上的时候，两人把后门的纱窗门都撞飞了。他们俩把纱窗门装回去，再跑到纸箱前。

“等等！别碰！”杰茜高喊着。

五个箱子里，现在有两个向一侧倾倒了，支撑的树枝倒在一旁，上面绑着的小红萝卜已不知去向。另外两个依然完好地支着，诱饵也完好无损。还有一个箱子扣在地上，好像里面有一只兔子。

杰茜绕着这个纸箱走了一圈。

“你还等什么？”埃文问道。

“我们得做个计划。”杰茜说。

“搞那么复杂干什么？打开箱子，捉住兔子就行了。”

“没那么简单。”杰茜说，“如果兔子咬人怎么办？”

“兔子不会咬人！”

“会的，它们也有牙齿啊，还有两个大门牙呢。它们受惊吓的时候会发起进攻。”

"我才不怕呢。"埃文说，"它就是一只兔子。你把箱子抬起来，我来抓它。"

"你要戴上手套。"杰茜说，"防止被意外抓伤。"

"兔子不会抓伤人。"

"它们有爪子。"

"你怎么知道那么多有关兔子的事情？"

"我从书上读到的。"杰茜说的倒是真的。星期天晚上，她花了好几个小时来读关于兔子的书。尽管她没读到兔子袭击人类的案例，但是兔子拥有潜在的攻击性武器：尖锐的牙齿、爪子，以及强有力的后腿。安全第一，小心为上，这是杰茜的座右铭。"你去厨房拿个烤箱的隔热手套来。它们不但可以保护手，还能保护手臂。"杰茜建议道。

埃文戴上大红色的隔热棉手套，看上去好像圣诞节的姜饼小人：“带着这手套动作不灵活，恐怕抓不住兔子。”

"你不需要抓住它，别让它跑掉就可以了。我把纸箱子翻过来，你把兔子兜起来放进纸箱子里，然后再把箱子顶盖住。明白了吗？"

"明白了。"埃文半蹲在纸箱子正前方，做出随时扑过去的样子。

"埃文，你一定要非常小心，不要去抓它。兔子的有些骨头很特殊，可以像这样弯折。"杰茜伸出手指，弯折着向埃文示意，"这些可以折叠的骨头能帮助它们钻进窄小的地方藏起来。"

埃文站直了身体。"也许用不着这么麻烦，杰茜。如果下面的兔子已经受伤了呢？"埃文眉头紧锁，显示出深深的担忧。

"还没有迹象表明兔子已经受伤了。"杰茜不打算陷入毫无意义的焦虑情绪中。现在唯一有意义的事情就是把箱子提起来，查看里面的情况。科学家都应该是这样冷静的。

"我们先看一下。"杰茜坚定地问道，"你准备好了吗？"

埃文重新半蹲下来："准备好了！"

"一、二、三，起！"杰茜抬起箱子的一侧，埃文马上扑过去，隔热棉手套贴着地面往前推进。一个暗色的小动物在草地上移动着，很快箱子里就传来窸窸窣窣的摩擦声。杰茜兜住那个小动物，把箱子竖起来，箱口朝向天空。

"抓住了！"埃文大喊着，两人一同探头朝箱子里望去。

箱子底部是一个深棕色的小家伙，正沿着箱子的底边疯狂地打着转。

"这不是兔子！是什么东西？"埃文问道。

"是鼹鼠。"杰茜有些泄气。那感觉就好像有人送了一个生日礼物，她满心欢喜地打开，却发现里面只是一双她不想要的袜子。

"鼹鼠？"埃文说，"我还不知道我们家院子里竟然有鼹鼠。"

"你不能用鼹鼠来完成魔术表演吧？"杰茜看向埃文。计划失败了，她没有捉到兔子，不能做埃文的助手了。

"是啊。"埃文说，"这个小家伙随时会挖隧道逃走。咦，它想溜走了！"鼹鼠用两个大前爪在箱子的一侧抓起来。"但是，小杰茜，我觉得你还是不要再去抓兔子了。你明白我的意思吗？"埃文叮嘱道。

杰茜点点头。如果兔子受伤，她会感到难过的。她不喜欢动物，但也不想伤害它们。去年冬天，当杰茜看见两个小男孩虐待青蛙的时候，她挺身而出，把青蛙给救了出来。想到这里，她放倒箱子，看着小鼹鼠跑到树林里，一转眼便消失不见了。

"可是这样的话，你的表演就没有兔子了。"她说。

"没关系的，我可以用玩偶兔。"埃文有一只玩偶兔，它穿着一件蓝色的大外套，手里拿着一个橘色的胡萝卜。

"还是活兔子更好一些。"

"可是现在没有啊！用玩具也差不多，我一样会把它变不见再变回来。"埃文捡起地上的树枝，把它们远远地扔进树林里。杰茜则把几个纸箱子叠到一起。因为绑了石块的缘故，它们都还蛮沉的。

"小杰茜，"埃文说，"你做得很好。不管是做箱子，还是抓鼹鼠都很不错。你动作麻利，判断正确。如果是我来做这些，肯定没有你做得好。"

杰茜笑起来："我头脑冷静，遇事不慌！"

埃文扭头看着树林，想了一会儿，然后说："你愿意做我的助手吗？"

"真的吗？"杰茜上上下下地蹦着，"太棒了！我会好好地表现，绝对不会搞砸你的表演。"

"那我们从现在就开始练习吧。只有不到一个礼拜的时间了，我们得把所有魔术都学会。"

他们两人把纸箱子收起来，拖到门廊上放好。爸爸从后门走出来，举着手机在找信号。他紧盯着手机屏幕，眼睛转也不转一下地朝他们两个人点头打招呼。

"我也要参加表演了！"杰茜兴奋地汇报。

"太好了。"爸爸头也没抬，手指不停地点击屏幕。杰茜似乎还听到爸爸低声骂了一句，只是那声音很轻，几乎低到听不见。

"刚才我们还捉到一只鼹鼠！"杰茜试图让爸爸注意到自己，"本来以为捉住的是兔子！"

"嗯……嗯……"爸爸皱眉应答着，但眼睛仍然盯着手机屏幕。

"兔子！"杰茜挫败地大吼一声。爸爸有时候特别好，有时候却好像不存在似的。

"哦，天啊！兔子！"过了好久，爸爸才反应过来。杰茜以为爸爸终于注意到她了，没想到爸爸却把头转向埃文，"我差点儿忘了，我去木材市场锯木板的时候路过宠物商店，顺便帮你带了一只兔子回来，它还在车子的后备厢里呢。"他把手伸到牛仔裤的口袋里使劲掏了半天，终于掏出车钥匙，隔空扔给了埃文。

"你竟然把兔子忘在后备厢里了？"埃文抓着钥

匙问。

爸爸耸耸肩，心不在焉地朝他挥了挥手。这时手机铃声响了，他转身背对着他们俩，接起了电话，迫不及待地说道："我过几天保证联系你。就几天，我……"接着，他咒骂了一声，声音大得埃文和杰茜都听见了。

埃文拉上杰茜，匆匆忙忙地走到前门车道。那儿停着家里的车，午后的阳光正直直地射在车身上。

"把小兔子留在这么闷热的后备厢里。"杰茜担心地说，"这简直是谋杀。"

埃文用车钥匙开后备厢，可是盖子好像卡住了。自从几年前妈妈开车被追尾过后，后备厢的锁就不太管用了。

杰茜打开驾驶座一旁的门，拔起后备厢的插销锁。插销锁弹起了，可是后备厢仍然紧闭着。

"怎么办？"黑色的车子在毒辣的阳光下会吸收非常多的热量。现在室外的温度至少有32摄氏度，车内的温度肯定比32摄氏度还要高。那后备厢的温度会有多高呢？杰茜想象着自己就在那狭小、黑暗、闷热的后备厢里，心跳不禁越来越快。

"我们就……呃……"埃文仍然在努力转着钥匙，试图打开后备厢锁。

"有办法了，我们从后座进去。"埃文说，"我看看能不能把后座翻下来，然后你从后座爬进后备厢里。"

杰茜和埃文一起爬上座位后排。埃文把钥匙插进锁孔，把座位固定锁打开。然后，两个人又是扭又是拽的，一通忙活，终于把一个后座翻折下来，露出一条通向后备厢的窄缝。

"你爬进去把兔子捉出来！"埃文说。他的块头太大了，钻不进这么窄的缝，杰茜的个头倒是刚刚好。

"但是里面很黑！而且……"杰茜开始慌了起来。如果爬进去却爬不出来怎么办？如果兔子发狂抓了她怎么办？如果兔子咬她的脸怎么办？如果她在里面窒息了怎么办？

"没事的。"埃文说，"我会一直抓着你的腿。一旦有任何不对劲的地方你就踢腿，我立即把你拉出来。"

杰茜一头扎进黑漆漆的后备厢中，手一点一点地往前探，终于摸到了一个鞋盒一样大小的纸箱。杰茜抓住它，使劲地拖向自己："埃文，快把我拉出去！"

"好嘞！"埃文抓住杰茜的脚踝开始猛拽，不一会儿的工夫就把杰茜拽出了后备厢。杰茜又累又后怕，瘫坐在后座上，手里还紧抱着那个纸箱。

"快点儿！"埃文说，"快打开看看。"埃文撕开纸箱的封条，两人一同往里面看去。

第十章

舞台

舞台：名词，供演员表演的台子。在本章中，爸爸帮埃文搭建了一个舞台。

兔子看起来还好。它长着一身雪白的毛，上面带着灰色的条纹。它表情严肃，看起来就像一位板着面孔的教授。杰茜第一时间给它取了个名字：霍夫曼教授。当杰茜和埃文跑回后院门廊，告诉爸爸小兔子一切都好的时候，爸爸却带着一脸莫名其妙的表情说：

"它当然一切都好。有什么问题吗？为什么不管发生什么事情，你们俩都会像你们的妈妈一样，担心这个担心那个，好像总希望坏事情发生一样？"

"因为有时候，坏事情就是会像担心的那样发生。"埃文心里想着，但是他没有说出来。那样会显得自己又悲观又懦弱。爸爸上过战场，他见过的事情比自己多得多，而且有的事情真正称得上可怕。埃文希望自己能像爸爸一样坚强、果敢。

爸爸没有买养兔子所需的其他东西，埃文和杰茜在家里一阵翻找，给兔子霍夫曼教授布置了一个窝，找了一些吃的。

接下来的两天，埃文和杰茜、霍夫曼教授一起，热情高涨地投入到魔术表演的练习中。一开始，霍夫曼教授一点儿也不喜欢被关到木头箱子里，它不停地踢后腿，还伸出前爪在空气中到处乱抓，幻想逃出这个箱子。经过一番折腾，霍夫曼教授才慢慢接受了待在魔法兔箱里的事实。

星期三的时候，杰茜给埃文看了一下最终版的《4-0论坛》。埃文不得不承认，这期的报纸做得太好了。

头版所有文章都是关于魔术秀的。文章中表示，这次表演不但会有一只活兔子来参与演出，而且现场会像真正的秀场一样，有一个真正的舞台。

这个舞台很快就要完工了。爸爸买了很多木板，准备在舞台前建造一个古罗马式的拱门。爸爸还买了好看的红色天鹅绒布，准备挂在拱门上当作幕布。埃文时常猜想，爸爸哪来那么多钱买这些东西？如果他这么有钱，为什么之前不多寄一些给他们呢？

"我打算明天把报纸派发出去。"杰茜说。

4-O论坛

万众瞩目的魔术秀

杰茜·特斯奇

下周一是一个特别的日子——魔法日! 届时本镇将举行一场魔术秀。本次魔术秀将由神奇的魔术师埃文,以及他的无敌助手杰茜倾情奉献。他们为大家准备了一系列神秘而精彩的魔术,包括扑克戏法、绳子戏法以及各种技巧魔术。在表演中,魔术师埃文还会凭空变出一只活生生的兔子。他是怎么做到这一切的呢? 没有人知道! 但有一点可以肯定的是:谁也不想错过这场炫酷而神秘的魔术表演! 席位有限,购票从速!

"你确定欧弗顿夫人会同意派发报纸?"埃文问,"也许这期会被她驳回。这场秀我们是收费的,她会不会认为我们是在做广告?"

"她不会介意的。这期报纸不只讲了魔术秀,还有我采访弗兰克先生的报道、填字游戏,还有气象站数据和关于热带风暴的大量报道,后面整版都是呢。"

"嗯嗯。"埃文不怎么关心天气，他只希望有人能来看他的魔术表演。他已经将兔子魔法练习得得心应手了。如果没有观众，那太让人失望了。不过，他现在已经有一名观众了。

"你想看我给你变戏法吗？"埃文问。

"想！"杰茜欢呼着，迅速跳到床上坐好。

"我也想看，可以吗？"爸爸不知道什么时候已经站在旁边。

爸爸什么时候出现的？在这里站了多久了？埃文不禁有些不自在。他本来只准备给杰茜表演的，可是现在爸爸也来看了。埃文忍不住担心，自己会不会把表演搞砸？霍夫曼教授会不会从本来应该"消失"的箱子里跳出来？

"女士们，先生们！"埃文就像站在舞台上一样认真，"接下来是本场魔术秀的压轴环节，也是最精彩的一个魔术，我会变出一只兔子——一只活生生的兔子！你们将亲眼见证这一伟大时刻。"埃文伸出手，向大家示意那只放在桌上的木头箱子，"正如你们所见，我这里有一个普通的木箱，它是空的。"他打开箱子盖子，用手在里面划拉了一圈，示意它的确是空的。"现在，我要拿出我的大盖巾。"埃文把从妈妈那里借来的大方巾盖在箱子上。"现在，见证奇迹的时刻到了！"埃文猛地一提大盖巾，之前空空的箱子里现在蹲坐着霍夫曼教授，它在那里抽动着肉粉色的小鼻子。

杰茜疯狂地鼓掌，爸爸也不住地点头表示赞赏："真是一个伟大的魔术。你表演得实在是太好了。"

埃文内心喜滋滋的，但他觉得魔术师应该冷静，自己应该表现得无所谓一点儿，不过，他还是忍不住笑了起来。

"不过……"爸爸坐直了身子，往前凑了凑，"我本来以为你的压轴魔术是会把什么东西变不见呢！"

埃文伸手把箱子里的霍夫曼教授拎了出来。每次成功完成这个魔术，他都会奖励兔子一片胡萝卜。

"把兔子变没比变出来困难多了。"埃文说。

"但这才是这个魔术的精妙所在啊！"爸爸感叹道。

"它在蹬腿！"杰茜指着霍夫曼教授尖叫起来。

"拜托，它是兔子，当然会蹬腿，别大惊小怪的。"埃文说。

"可我不想它蹬腿！"

"不蹬腿它就死啦！一只死兔子会毁了一整场秀。"爸爸说着大笑起来，"嘿，把兔子放一边吧，去车后座看看我给你们带什么好东西来了。"

埃文把霍夫曼教授放到大纸板箱里，和杰茜一起

भारत / अमरीका
印度 / 美国
航空邮件

跟着爸爸走向房子前面的停车坪。爸爸从车后座拖出一个长长的纸箱子。箱子上贴了五六个标签，有一些标签上的字母埃文也不认识。"这上面写的是什么东西？"埃文问道。

爸爸瞥了一眼标签，慢慢地往前门台阶上拖这个箱子："可能是梵文吧。我也是猜的，因为这是从印度寄过来的包裹。"

"你在印度有朋友？"

"我在全世界都有朋友。"爸爸说着，用后背顶开了前门。

他们把箱子拖到了厨房。爸爸从口袋里掏出瑞

第一步：助手躺进藤箱。　第二步：魔术师盖上盖子。

隐藏的备用箱底落下，
替代原来的箱底。助手
被备用箱底挡住。

助手和最外层的
箱底留在原地。

第三步：魔术师翻转藤箱，顶盖朝前打开盖子。

士军刀，箱子打开，一个长方形的藤箱展现在大家眼前，大小和一个小号浴缸差不多。

"哇！"埃文喊了起来，"我在霍夫曼教授的书里看到过这种藤箱！"他伸手抚摸着藤箱的顶盖。"这个东西有一个活动的底儿，我翻转给你看……"埃文抓住藤箱的顶端向前翻倒。藤箱移开了，底儿却留在了原地。

"藤箱坏了！"杰茜指着地上的箱底。

"没坏！这就是这个藤箱的秘密所在。只要你偷偷地打开藤箱的暗闩，藤箱里的人就可以被藏起来。"

"还是没有听明白。"杰茜一头雾水的样子。

"这个藤箱有两个底板。第一步，助手躺到藤箱里。第二步，魔术师盖上盖子，让观众看不到里面。第三步，魔术师把藤箱向前倾倒翻转，与此同时让备用箱底落下来。这样一来，助手和最外层的箱底留在原地，但是替代原来箱底的备用箱底落下来，把藤箱后面的助手挡了起来。"

"太好了，埃文。"爸爸说，"这就是魔术秀的压轴大戏了。"

"把我变不见！把我变不见！"杰茜兴奋得大喊大叫。

"你从哪儿弄来的这个东西？"埃文问。爸爸竟然能找到这种道具！

"我就是打了几个电话罢了。"爸爸回答说，"我在孟买看过好多遍这个魔术，就给那边的朋友打电话问问。呃……问了大概五六个人吧……"他摩挲着下巴。

"你总是在打电话，都是打给这些印度朋友吗？所有电话就是为了谈这个事情？"埃文问。

"有些电话是，有些不是。你想说什么？"

埃文的脸上展开了一个大大的笑容，嘴巴都快咧到耳朵根了。"你是最好的爸爸！"埃文说着扑向爸爸，紧紧地搂住了他。

爸爸也给了埃文一个紧紧的拥抱，还亲了一下他的脑门儿，然后说："来，我们把这个箱子搬到门廊上去，接下来你和杰茜就可以练习了。"

爸爸站在将会被布置成观众席的草地上，仔细地看着舞台："现在只剩一个问题了。在我看过的魔术表演里，那些人消失不见了，但当藤箱被翻转回原地时，之前消失的那个人会在其他地方出现，重新回到观众的面前，那才叫精彩呢。你的魔术也应该那样。"

"我们也做一个地板活门？"埃文问。

"但是……"杰茜说，"那就得在门廊那儿挖个洞了。"

爸爸点着头说："这就是我一直在想的，什么样的魔术表演才会真正叫座。"

"妈妈会杀了我们的！"埃文说。

"怎么会？这个门廊已经破到不行，就得彻底大修。你看看这里！"他走到门廊门口，在地板上扯下一块已经腐烂的木条，"说真的，让你们住这样的危房，你们的妈妈早就该被法院起诉了，她到现在都没事简直是奇迹。"

杰茜的眼睛瞪得大大的，眼睁睁地看着爸爸又扯下一大块木条。

"你们知道吗？"爸爸说，"我正计划叫个木匠来建造一个新的门廊。这样，在你们的妈妈回来之前，我们可以把所有的修葺工作都做好。这就像是我们为她准备的礼物！绝对的大惊喜，她会喜欢的。"

爸爸像一只猫，优雅地跳上门廊，从后门进了厨房，把大眼瞪小眼的埃文和杰茜留在屋外面。

不一会儿，厨房的纱门被推开，爸爸从屋里探出头来："嘿，听着，明天妈妈打电话回来时，你们可别告诉她新门廊的事情，我想给她一个惊喜，好不好？"埃文和杰茜还没来得及答复，他又把头缩回去了。

"怎么办，埃文？"杰茜问。

埃文看着那只印度藤箱说："练习，不停地练习！"

第十一章
喝倒彩

喝倒彩：动词。喊倒好儿。观众席发出粗鲁无礼的呼喊，以破坏表演的正常进行。在本章中，爸爸为让埃文提前做好正式表演的心理准备，故意给他喝倒彩。

截至星期四中午，看完杰茜派发的报纸后，已经有36个同学表示愿意观看星期一的魔术秀了，其中甚至有五年级的学长。如果每张票1块钱，整整36块的售票款。一想到这个，杰茜就兴奋得心跳加速，心头就像有一辆重型火车跑过。

现在已经是星期四下午了，而大变活人的魔术他们俩还一次都没有练习过呢。昨天，他们俩花了一下午，打算在门廊上锯一个洞出来当魔术表演的活门。可这是个大工程，到天黑时仍然没什么进展。杰茜今天放学回家的时候，洞还没有完成。尽管爸爸曾承诺会在他们上学的时候帮他们的，可是，杰茜回家时看到的，却是埃文在费劲地用一个旧钢锯锯木板。

"爸爸去哪儿了？"

"在那儿打电话呢。"埃文朝房子那边一指，"和以前一样。"

"也许他在给你买新道具。"杰茜不喜欢埃文生气的样子。

"才不是呢！全是工作上的事情，非常重要的工作。"埃文的声音里透出不满。

"今天我先和妈妈讲电话，记得吧？"

"妈妈今天不打电话了。她刚给爸爸发过短信，说会议还没结束，明天再打电话给我们。好了，要不我们去吃点儿点心吧，爸爸买了冰激凌，三种口味儿呢！"

就在杰茜在巧克力口味儿和薄荷口味儿之间犹豫不决的时候，爸爸打着电话走进厨房。他背靠着门框，向后院瞧去："你是说，会有一场运动？你确定？"接下来是一阵长长的沉默，电话那头的人在喋喋不休地说着什么。杰茜可以听到手机里模糊不清的说话声，但是一个字也听不清。她最后决定，两种口味儿的冰激凌各挖一勺。反正妈妈不在家，没有人管她。爸爸还在打电话："你找不到其他人来演讲？一个人都没有？"电话那端又发出一阵嘀嘀咕咕的噪音，然后爸爸说："好了，我明白了。"随后他挂了电话，把手机塞到裤子口袋里。

"干得怎么样了？"爸爸指着外面的门廊地板问。

埃文耸耸肩："就那样。"

"哼！你们这种做事态度是成不了大事的。"爸爸说着走到外面。不一会儿，杰茜就听到了锯子摩擦腐烂木头的声音。

"你干吗不去帮他，埃文？"杰茜注意到埃文的冰激凌碗已经空了。

"他不需要我帮忙。"埃文说，"再说了，只有一把锯子。"尽管如此，他还是晃悠到了外面。杰茜也在吃完冰激凌后，跑到外面去看。那个洞已经弄好了！

"我们把这个洞盖起来，让别人都看不到。"爸爸说，"去你们妈妈的工作室，把她的小地毯拿过来，那个尺寸正合适。"

埃文和杰茜面面相觑。他们家有很多家规，其中的一条是：任何人不得擅自进入妈妈的工作室。

"好啦，快去。"爸爸说，"又不是什么贵重的波斯地毯，那只是我十年前在家居店买的。快去拿来！"

刚刚铺好小地毯，杰茜就迫不及待地问："我们现在可以练习了吗？"她不想在同学面前把事情搞砸，尤其是里面还有五年级的学长！

"可以了。"埃文说，"但是表演很简单。我的意思是，你只需要一动不动地躺在藤箱里，在我念魔法咒语的时候钻进门廊的洞里去就可以了。"他们用地毯盖住地洞，埃文让杰茜站到藤箱的一旁。爸爸跳出门廊，站到观众席的位置。

"女士们、先生们！"埃文亮起嗓子，"接下来是我们今天表演的压轴魔术，我将为大家献上神奇的大变活人！"

"啊哈，算了吧！"爸爸忽然发出一阵让人讨厌的叫喊，"什么大变活人！还不如把冰块丢进微波炉里转一转，你可能连那样的大变冰块都变不出来吧？"

"啊？你说什么？"埃文被爸爸的话惊呆了。

"我在喝倒彩呢！"爸爸说，"表演的时候，说不定会有一些粗鲁的家伙在观众席冲你大喊大叫呢，你必须提前做好心理准备。"

"他们都是我的朋友，才不会这样无聊呢！"埃文说。

"谁知道会发生什么呢？如果你想有一场完美的表演，就必须做好各种训练，学会控制自己，这样才能在各种场合应对各种突发情况。"爸爸说着，又把双手拢在嘴边，开始大喊，"你管这个叫兔子？我看也就比土豆强一点儿而已！"

"爸爸，闭嘴！"

爸爸却摇了摇头："你们的日子过得太舒服了，必须学着坚强一点儿。你们可是特斯奇家的孩子，必须学会面对各种状况。"

埃文踢了踢藤箱，"咱们能不能先把这件事做了？"他皱着眉说，"女士们、先生们，接下来是今天表演的收场魔术，我将为大家献上神奇的大变活人！先来看看这个藤箱，它的四面结实无比。"埃文逐一敲了敲藤箱的每个面，以示这个箱子非常牢固。

"现在我要打开盖子，请我的助手躺进去。"他做手势让杰茜跨进藤箱。

杰茜迅速躺下。

"而我则要关上这个藤箱的盖子。"话音刚落，盖子落下来，刚好盖在杰茜的正上方。蓝天、树林，甚至连光线一瞬间都被遮蔽了，杰茜感到一种前所未有的压迫感，她本能地一脚把盖子蹬开。

"杰茜，你在搞什么鬼？不能踢盖子，好好在里面躺着。"

"里面太黑了！"杰茜尖叫着跳了起来。她想马上离开这个藤箱，一刻也不想多待。

"等等，等等！"埃文说，"里面不黑啊。这是个藤箱，它是透光的。"

"它就是黑的！它还特别小！里面一丝空气都没有！"

"这是藤箱，里面有无数的空气。"埃文挫败地说，"你怎么有那么多怪毛病？"

"我才没有怪毛病，里面就是不安全。"

"有什么问题吗？"爸爸看到杰茜和埃文在争吵，从观众席的位置问道。

"没问题！"埃文大喊道，随后转过头对杰茜说，"你看这样好不好？你只需要躺下就可以了，我不盖盖子，怎么样？你快躺好，试着习惯一下。"

在这个世界上，埃文是杰茜最信任的人之一。尽管如此，当她再次躺进藤箱的时候，心还是紧张得怦怦乱跳。她紧抓着藤箱的边，好像这是一艘随时都会倾覆的独木船。

埃文在杰茜旁边蹲了下来，悄声问："感觉怎么样？"

杰茜微微地点了点头。

"那么，可以松开手了吗？把抓着藤箱的手放到箱子里。"

杰茜用自己的意志力，努力命令自己的手指一根一根地松开，然后放到了身体的两侧。

"你做得很好，小杰茜。"埃文说，"现在听我说。我会让藤箱的盖子敞开，但是，等会儿我要翻动藤箱，你会和箱子底部一起留在原地，咱们就像真正表演一样练习一遍。准备好了吗？"

杰茜又点了点头。不盖盖子真是太好了，这样，她就能从箱子里看见蓝天，还有埃文的脸——这个尤其重要。她知道，只要埃文看着她，任何可怕的事情都不会发生。她可以感觉到自己额头上冒出的汗珠，一颗颗地聚集在鬓角，再一滴滴地流入发丛。

埃文向前翻倒藤箱，但在杰茜看来，却是藤箱翻着离开了自己。现在，她躺在门廊的地板上，周围什么都没有！自由啦！她终于离开了藤箱，就像刚刚逃离了墓地一般。

"我做到了！"她两脚乱踢着蹦了起来，大喊道，"我完成这个魔术了！"

"你不能站起来，杰茜！你应该钻到门廊地板的洞下面藏起来。"埃文说，"让我们再来一次。这一次，我要把藤箱盖上了，怎么样？"

"必须这样吗？"杰茜的眉毛皱在一起。

"我表演的时候你突然跳起来，被观众看到的话，整个表演就失败了。"

杰茜知道他说得没错。如果想成为一名合格的魔术师助手，就必须忍受合上藤箱的盖子，这是她的工作，但是一想到要把藤箱盖上——它可真像一个棺材啊——杰茜身上的每一寸骨头便像他们捉住的那只鼹鼠一样疯狂地挣扎，想要临阵脱逃。

但杰茜不想让埃文失望。他已经接纳自己做助手，而自己也想得到观众的掌声。更重要的是，杰茜想让爸爸看到自己的出色表现。

杰茜跨进藤箱，盖子咔嗒一声合上了。杰茜听到埃文在外面把箱子锁了起来。"锁起来了，出不去了。这里又闷又黑，又黑又闷。我没法喘气，没法喘气了！"杰茜内心尖叫着。

就在这时候，藤箱忽然发出一阵咯吱咯吱的声响，好像有什么东西在抓刮着箱壁。这是杰茜听到过的最恐怖的声音。箱子的四壁都开始震动，撞击着她的胳膊、她的腿。埃文此时正在外面扯着嗓子大叫大嚷，她却一句也听不清。外界的所有声音仿佛都被挡在箱子外面，听起来遥不可及，也模糊不清。可是，在这些声音里，一阵野猫的嘶叫声尤其清晰。那声音可怕极了，离她很近很近，近得好像是从她脑子里冒出来的一般。

藤箱向前翻倒，未固定的藤箱底板展现出来。杰茜躺在底板上，四周是没有遮蔽的门廊。她重新看到了头顶那一望无际的蓝天。刚才发生的一切，好像都未发生过似的。她手脚并用地翻了个身，使劲站了起来。

杰茜没和埃文说话，她只是站在原地，大口大口地喘气。爸爸也在门廊附近，他一脸奇怪的表情，凑近打量着杰茜。杰茜不知道那表情里的意思是什么。生气？难过？担心？或者，三者的总和？

"你没事吧？"爸爸问她。可是他的表情却完全不是这个意思。

"我想和妈妈打电话。"杰茜说。

埃文慢慢地把藤箱扶回到原来的位置："她今天没法打电话。你忘记了？"

"嘿。"爸爸说，"要不我们给她发短信怎么样？你可以用我的手机给她发，好不好？"爸爸在自己的手机上按了几个按钮，然后递给杰茜，"你只要把想说的话输入进去就可以了。"

杰茜转过身，背对着埃文和爸爸。她打字很快，没用三秒钟，她就把想对妈妈说的话打好了：快回家！

第十二章
压轴秀

压轴秀：名词。也叫终场秀，指表演秀的最后一个节目，通常是整场表演最精彩的部分。在这一章中，原本可以代替杰茜来帮埃文完成压轴秀的爸爸突然要离开，埃文的压轴秀还能表演下去吗？

"我们吃点儿面包吧。"埃文对杰茜说。这是周五的下午。刚才，他们俩花了一个小时，将表演排练了一遍，现在又热又累。室外温度计显示的是34摄氏度，可这又潮又闷的天气让人感觉像38摄氏度。每次热风吹过，空气好像变得比之前更加闷热。

霍夫曼教授的行为也古怪起来。它在大纸箱子里绕着圈儿地蹦，每次埃文把它拎出来的时候，它都在发抖。

"气压太低了。"杰茜说，"我们今天在学校测量过了。因为暴风雨，大气压强持续下降。"

"那我们就在室内排练其他的节目好了。等爸爸的电话打完了，我们再去室外排练终场秀。"

"他都打三个多小时了！"埃文需要爸爸。在杰茜经历昨天的大恐慌之后，爸爸替代了杰茜。他会爬到藤箱里，然后被变不见。一开始埃文担心藤箱装不下身材高大的爸爸，但他把双腿蜷起到一个特定的角度，藤箱刚好可以盖上盖子。埃文实在是太开心了，爸爸竟然可以代替杰茜来帮他表演魔术。这场魔术秀绝对不容有失！大变活人的神奇表演依然可以上场。

但是，昨天现场排练过一遍后，爸爸就一直忙得没空排第二次。"我已经全搞明白了，埃文。"爸爸说，"这个魔术不复杂。如果你不放心，明天我们可以再排练一次。"但是等到"明天"变成今天的时候，爸爸却更忙了。不知道这个世界的什么地方发生了什么特别重要的事情，爸爸的注意力全都被吸引过去了。

"哎呀！"埃文说，"我们还是把东西都搬到屋里去算了，把幕布也拆下来收好。"拱形舞台的天鹅绒幕布被大风吹得啪啪作响。

"不用了。"杰茜说，"暴风雨不会过来的，它现在在西边两百公里以外的地方呢！”她的语气听起来似乎有些失望。无论做什么事情，杰茜都喜欢亲临现场，可现在她不能亲自参加魔术秀了。

埃文又看了看幕布，它们比自己高得太多。如果不借助梯子或者有人帮助，他很难把它们取下来。

这时，身后的纱门打开了。爸爸站在门口，一手拿着手机在听电话，一手拿着外卖单朝他们俩挥了挥。“叫外卖。”他说，“你们俩来选吃哪家。”

“我不想再吃外卖了！”杰茜说，“我想吃真正的晚餐。”

“真对不起，我现在没时间做晚饭。”爸爸说道。

“你是不是根本就不会做饭？”杰茜问。

“我可是超级大厨。”爸爸说着，又挥了挥手中的文件夹，“但是不是今天。”说完，他的注意力又回到了电话上，"是的，我正在等。噢不，不是那个原因……"他一边说，一边把外卖单放在门廊的地板上，然后退回到房间里。

埃文和杰茜把外卖比萨使劲塞进肚皮后，他们俩决定上楼，问问爸爸明天能否一起去机场接妈妈。妈妈工作室的门开着一条缝，埃文推开它走了进去。

爸爸背对着大门，坐在妈妈的书桌前，正对着电脑打字。越过爸爸的肩头，埃文看到屏幕上是一架很大的飞机的图片，爸爸正在往表格里填数据。他听到埃文走进去的声音，便抬起一只手向埃文示意，好像在说："等我一分钟。"然后他用鼠标最后点击了一下，转过身来。

"计划有变。"他开口说道，"你知道有场暴风雨正在沿海一带登陆吗？"

"我知道，爸爸。我们这个礼拜一直在学校讨论这事，杰茜还给你看过她写的关于热带风暴的文章。"

"是这样，明天你们的妈妈一到家我就出发。如果运气好，我能在机场关闭前赶上飞机离开……"爸爸又把头转回去，盯着电脑屏幕，开始滚动网页上的航班列表。

"可要是这样的话，你就不能参加魔术表演了。"埃文终于开口说道。

房间里陷入了沉默。埃文可以听见雨水击打屋顶的声音，就在他们头顶上。他又想到挂在舞台上的幕布，肯定被打湿了。他祈祷幕布千万别被雨淋坏了。

爸爸转过头来："我很抱歉，埃文。我很期待这场魔术秀，但是这个表演也不是非我不可。你可以用兔子来替代我，或者找个朋友来帮忙？我打赌，他们肯定非常乐意。"

"但是你说过你会参加的。"

"对不起，伙计。发生大事了。我没法告诉你是怎么回事，但是无数人处于水深火热之中，而我……唉，我必须马上赶过去。相信我！真的，我别无选择。"

"世界上又不是只有你一个记者。"埃文用脚尖踢着妈妈的文件柜。运动鞋和文件碰撞时发出闷闷的砰砰声，成为沉默的房间里唯一的声响。

爸爸又往前凑了凑，那样子就像要和埃文分享什么秘密似的。"没错，记者有很多，但我是最好的那一个。"他又咧嘴一笑，向埃文展示自己的招牌笑容，可是埃文笑不出来。

埃文依然记得几年前爸爸和妈妈离婚时爸爸离开家的那一天。那时候埃文7岁多，杰茜才6岁半。那时也是五月，和现在一样，只是那天很冷。那天，当埃文明白发生了什么事情时，他伤心地跑出房子，爬到自己经常待的那棵树——"埃文的树"上。外面很冷，他冻得一身都是鸡皮疙瘩。

爸爸跑出来找他，最后看到他在树上，便开始往树上爬。爸爸动作笨拙，爬得很慢，最后终于爬了上去，在埃文下面的一根树枝上坐下。

爸爸那天说了很多。他说自己很难过，还说自己不得不离开家。"你现在还太小，不懂大人的事。"他说，"等你长大你就会明白了。每个人都有自己的命运，生活在这个世界上，你我都必须完成自己应该做的事情。这是我们自己的路，各不相同。你只能按照自己的路走下去，否则，你这一生将毫无意义。"

埃文不明白这些话的意思，也不明白爸爸为什么一定要离开。

"我很爱你，爱杰茜，还有你们的妈妈，但

是——"他朝家的方向微微地抬了抬下巴，"那里的生活却不属于我，不是我该走的路。那只是你妈妈的生活方式，并不适合我。"

"那你还会回来吗？"埃文问，"我们还是不是一家人？"

"我们永远是一家人。"爸爸说，"我只是不住在这里了而已。"

"但是，为什么？"埃文仍然无法理解，"这里是家，为什么你却不愿意住在家里？"

"这个问题很复杂，是成年人才能懂的话题。等你长大了，你就会明白了。"

这样一来，所有的一切竟然都变成了埃文的不是。他不应该还这么小，不应该还没长大。爸爸苦口婆心地说了这么多，他不应该听不懂爸爸说的话。可是即便如此，他还是不理解。

"我得走了。"爸爸说，"你们妈妈……呃……那个……她现在很难过。你得帮她挺过去，好不好？我知道你行的，你可是特斯奇家的人。特斯奇家的人都是坚强无畏的，对不对？"

爸爸说完便下了树。不一会儿，埃文听见出租车开进院子里的声音；然后是车门打开、关闭的声音；接着是汽车轮胎碾过碎石子的沙沙声。声音渐行渐远，越来越弱，最后，什么声音也没有了，四周又归于一片寂静。

埃文在那棵大树上又坐了两个多小时。寒冷爬过他的皮肤，钻进他的骨头，把他的手指都冻僵了。往树下爬的时候，埃文甚至担心手指抓不住树枝，幸好最后他还是安全地回到了家。这便是那天发生的事情。

现在，在这间小小的阁楼工作室里，气温和那天正好相反，房间热得就像一个小小的烤箱。埃文感觉自己的每一次呼吸，都像从这封闭的空间里抽取最后一丝氧气。爸爸的话深深地刺痛了他，让他坐立难安。

"玩笑归玩笑。"爸爸说，"我真的得走了，这个工作对我来说很重要。"

接下来又是很长一段时间的沉默。埃文想，爸爸可能在等着自己说些什么，好像他希望从自己这里得到什么东西一样。

"我想，我们应该感谢你。"埃文缓缓地开了口，"谢谢你离开我们，谢谢你从来不会在我们遇到麻烦的时候出现，谢谢你，爸爸！你太伟大了！"

"别说这样的反话，埃文。"爸爸摇晃着头，失望地说，"说这种话不会让你显得更聪明。"

"我从来就不是一个聪明的人，不是吗？"埃文感觉心里的话就像开了闸的洪水，从嘴里倾泻而出，"你肯定很发愁，不知道怎么和我这样的蠢孩子相处。"

"埃文，你太——"

"我敢说，你甚至都不会告诉别人你有孩子，无论那些人是在印度、非洲，还是在伊拉克，你都不会告诉他们你还有个家！很好，这也是事实。你的确没有！"

"埃文，很多家庭都会离婚的，就像我们家这样。"

"不一样！没有人会像我们家这样！别人家就算离婚了，爸爸也会住在附近，能经常来看他们。而你呢？几个月几个月地不在家，有时候我们甚至不知道你在哪里。"

"我的工作和那些人不一样，我不可能时时通报自己所处的位置。有时候我正和士兵们躲在一起，我不能不顾他们的安危，只为了给你发一条生日快乐的短信。别这样，埃文。你已经长大了，应该明白这个道理的！有很多事情，比爸爸给你打电话更重要。"

埃文站在那里，比坐着的爸爸高出一头。他抱起双臂，低着头，严肃地看着爸爸，说："家庭是第一位的，这是妈妈说的。"此时此刻，埃文忽然希望爸爸现在就能离开。他们根本不需要他！没有他，大家过得也很好，好得不能再好了！

埃文再没说一句话，转头离开了妈妈的工作室。他走进自己的房间，挂上门牌，关上房门，整个晚上再也没有出来过。

第十三章
喋喋不休

喋喋不休：形容词。一直不停地说话。魔术师在魔术表演过程中会不停地和观众说话，以降低观众的警惕性，分散大家的注意力。在这一章中，埃文也是这么做的。

杰茜早上醒来的时候，外面已经开始下雨了。她最先想起的是霍夫曼教授，它在地下室是不是也听得见外面的雨声？会不会被这雨声吵得心烦意乱？第二件事是妈妈今天就要回家了，杰茜迫不及待地想看到妈妈。

她钻出被窝，跳下床，飞快地整理好自己的床。卧室的窗户没关好，雨水飘了进来，把地板打湿了。她甩手把窗户砰地一下关好后，便往楼下跑去。

地下室里，霍夫曼教授仍然绕着大纸箱焦虑地打着转。杰茜蹲下去，用一本正经的语气和兔子说："就是下雨而已，没什么好紧张的。"然后确认它的食盆有食，又给它换了一碗新鲜干净的水，最后杰茜回到厨房洗手，打算吃点儿早饭。

厨房的桌子上放着一个信封，信封上写着"埃文和杰茜亲启"。杰茜不禁皱起了眉头。这是爸爸的笔迹，每个字都又大又粗又潦草。他为什么要给他们俩留纸条？也许他今天想睡个懒觉，让他们俩不要去叫醒他？到时间了他再起床，直接去机场接妈妈？

杰茜匆匆洗好手，拿着信封向楼上跑去。埃文的房门上挂着"请勿打扰"的门牌，他可能还在睡觉。杰茜犹豫了一会儿，但是想到这封信可能非常重要，杰茜开始敲门。

"走开！"埃文在里面喊。

"但是，这次很重要！"

"你总是这么说！"

杰茜愣了愣，回想着最近几次敲开埃文房门的情景。"但是，的确是每次都很重要嘛。"若非如此，她也不会来敲门。

"噢，老天！进来吧。"

杰茜立刻推门进去，飞快地跳上埃文的床，背靠着墙坐了下来。她一句话也没说，直接把信递给埃文。

嘿，宝贝儿们！

　　我不得不一早离开，不然暴风雨来了就赶不上航班了。

　　妈妈很快就会回来。

　　祝你们演出成功！

　　最爱你们！

親爱的老爸

　　看到信封上的字迹，埃文飞快地坐了起来，拆开信封。杰茜挤到埃文身旁，这样他们俩就可以一起读信了。

　　"他走了。"杰茜吐出三个字。

　　"就和以前一样。"埃文说着，把纸条团了团，抬手扔到远处的垃圾桶里。

　　杰茜觉得埃文说得不对。这次和以前不一样，爸爸在家里待了很长一段日子，一天又一天。只是最后，他还是离开了。"为什么啊？"杰茜问。

"我不知道。"埃文又躺下了，似乎不想再继续这场谈话。

"是不是因为他不喜欢我们？"杰茜开口问道。其实她想说的是："是不是因为不喜欢我？"任何一个爸爸都会喜欢像埃文这样的儿子——篮球明星，人缘儿极好，还有魔术表演天赋，但是对于自己，她不知道爸爸会怎样看待。

"他当然喜欢我们。"埃文说，"他只是更喜欢其他事情罢了。"

"其他什么事情？"

"工作、旅行、带着行李箱漂泊，还有其他很多事情。我敢打赌，如果让爸爸列一个清单，把他生命中所有重要的事情都列出来，我们俩估计会排在十五名之后，连手机都排在我们前面。"

杰茜感觉埃文现在心里很不好过。首先，他说话的时候不看自己。其次，他说话的语气和平时很不一样。最后，尽管他现在很想睡觉，但是他并没有把自己赶出房间。于是，她开始琢磨自己的感受，打算给自己拟一张心情调查表。很快，她的调查项目便列出来了："我开心吗？不开心。我难过吗？不难过。我害怕吗？不害怕。我生气吗？不……"

"杰茜……"

"我在给自己做心情调查呢！"

"我知道你在干吗，但是你就不能在自己脑子里做这些事吗？"

"不行。如果不大声说出来，调查就不准了。对了，妈妈什么时候到家？"

埃文看了看床头的闹钟："差不多还要四个小时。"

"好吧，那我下楼去看动画片了。"妈妈在家时，是不允许他们在周六早晨看电视的。但是，现在家里没有大人在，自然没有人会管她。

"你要不要下楼一起看？"

"不去，我还想再睡一会儿。"

杰茜磨磨蹭蹭地走出埃文的房间，可是没过几分钟，她又冲了回来。

"埃文，你快来看！快点儿！"她一把掀开他身上的毯子，"我是认真的！快起床！"

埃文听出了杰茜声音中的不安，立即从床上跳了起来。"怎么了？"他一边跟着她跑下楼，一边问。

"暴风雨就要来了！就冲着我们这里！它没有沿着海岸往西走，而是直接向我们这里移来！而且，这次不是热带风暴，是飓风！"

起居室的电视机开着，满满一张美国东海岸地图覆盖着整个屏幕。

"所有频道都是这个，动画片也取消了，全是天气播报。"杰茜说，"你听！"

"……对于这个季节的东海岸地区来说，出现一级飓风实属罕见……当地持续风速已达每小时120千米，随之而来的城市积水更是一场灾难。一旦暴风雨登陆，当地雨量将急剧上升……"

"我想给妈妈打电话！"杰茜大着嗓门儿说。

"我们不能这个时候打电话给妈妈。"埃文说，"她在飞机上呢。再说了，我们怎么能告诉她爸爸不在家？她知道了会急疯的！"

"这可是一级飓风！"杰茜喊道，"怪不得这些天霍夫曼教授这么反常，它预感到了！它老早就预感到了！飓风很可怕，有时房子都会被刮成碎片。"

"别慌！"埃文大吼道，"冷静一点儿，妈妈过不了几个小时就到家了。我们现在关了电视……"

"不行!"杰茜大声说,"我们需要知道实时消息,就算是坏消息也不能放过。"

"那你必须冷静!你这副疯样子我什么也做不了,明白吗?"

"明白,明白。我会冷静的,我保证。"

他们俩肩并肩地坐在电视机前的长沙发上,聚精会神地盯着屏幕,捕捉节目主播说的每一句话。杰茜说的没错:所有频道都是天气播报,这是今天的新闻头条,所有新闻人都称这是一场百年难遇的暴风雨。预计暴风雨将在今晚午夜前后登陆,而且会持续整个周日。政府发布了紧急戒备预警,机场已经关闭。

"埃文,机场关闭了,那妈妈怎么办?"

"她的航班也许已经降落了。"埃文看了看时钟,"我们吃点儿早饭吧,我有点儿饿了。"

但是杰茜什么也吃不下。她觉得肚子里翻江倒海，脑袋也胀得发疼。

十点钟的时候，电话铃响了。埃文在它响第三声的时候拿起听筒。

"噢，你好，妈妈！"埃文说。杰茜挤到听筒旁。平时打电话时杰茜要是这样，埃文就会把电话拿走，但这次他没有，而是和杰茜一起听着。

"小家伙们，我今天的运气不太好。"妈妈说，"本来我想改签一个早点儿的航班，赶在暴风雨之前回来，谁知道他们给我安排的飞机发动机出了故障，我现在被困在辛辛那提，哪儿也去不了了！"

"你'被困住了'是什么意思？"杰茜紧张地问。

"没事，没事！别担心，我很好。让我先和爸爸说话，然后我再告诉你们，应该准备一些什么东西。"

杰茜害怕自己忍不住尖叫出来，赶紧用两只手紧紧地捂住嘴巴，她的内心里无数个声音在喊叫："他不在家！他把我们丢在家里了！"但是埃文瞪了她一眼，仿佛在说："你敢说一句出来试试！"

"他出去了。"埃文故作平静地说。

"出去了？我猜他可能出去买东西了，为暴风雨做些准备。我一直打他的手机，但他关机了。"

"你就别担心了。"埃文说，"一切都很好，我们也很好。我们俩已经吃过早饭，现在正在看电视呢。"埃文就这样喋喋不休地和妈妈说着话。这让他想起了魔术表演——在舞台上，他也要这样喋喋不休地说话，以转移观众的注意力，让他们意识不到正在发生的事情。

"看电视？在早上？"妈妈顿了顿，"好吧。等爸爸回来，让他给我打电话，如果他打得通的话，因为我的手机快没电了。唉，我今天倒霉透了，所有事情都赶到了一起，我从来没这么混乱过。那个……你们俩都没事吧？"

"没事，我们都很好！"埃文说。

"那就好。"妈妈说，"我会尽快赶回家。现在这里一片混乱。我刚刚听到家那边的机场已经关闭，我想我可能要等暴风雨过去才能找机会回来了。跟爸爸说，要确保家里有足够的电池。还有，记得在浴缸里放满水，以防万一。杰茜，你还好吗？"

"我还好。"杰茜哽咽着说，"我想你快点儿回家。"

"我知道，小甜心，我会尽可能快地赶回来。这些天你们和爸爸相处得愉快吗？"

杰茜开始哭了起来，埃文不得不拿着电话独自走到一边。

"挺好的，我们在一起很开心。就这样吧，我们等你回家！"

埃文刚刚挂上电话，杰茜就号啕大哭起来。埃文把手搭在她的肩膀上，推着她走到洗衣间。那里挂着一张英国二战时期的老海报，橘色海报上画着一顶皇冠，皇冠下面写着：保持冷静，继续前行。

妈妈曾和他们说过，英国是这个世界上最不可思议的国家。二战期间，德国在英国的土地上连着轰炸了好几个月，但是英国人仍然能够乐观地生活。每次她洗衣服洗到要崩溃的时候，就会想想他们的勇气。

"好了。"埃文说，"我们会没事的。你看，至少没有人朝我们扔炸弹。"

这倒是真的。家里一切正常——至少现在是这样。杰茜盯着海报看了一会儿，然后说："这期班报上我的那篇如何应对暴风雨的文章里有一份清单，我们只要把清单里的东西都搜集齐全就可以了。"

继续前行

保持冷静

时刻准备着！
紧急状况下需要准备的东西

杰茜·特斯奇

一旦遇到风暴，我们需要提前做好紧急物资准备。

- 水。每人每天需要摄入大概两升水，需要备好三天的量。

- 食物。最好是不易腐坏的食物，需要备好三天的量。

- 用电池或手摇充电器供电的收音机，以及备用电池。

- 手电筒以及备用电池。

- 医用急救包。

- 口哨。用于呼救。

- 防尘口罩，以保证能在被污染的空气中呼吸。

- 塑料膜以及胶带。

- 湿纸巾、垃圾袋。

- 扳手或老虎钳，用来紧急撬开某些设施。

- 手动开罐器，用来打开食物罐头。

- 当地地图。

- 手机以及手机充电器。

这个清单可够长的。里面有些东西很容易搜集，比如手电和备用电池。妈妈经常把它们备在家里，以防房子意外停电。但有很多东西很难搜集，比如不易腐坏的食物，还得备上三天的量！他们检查了橱柜里的罐头，发现大部分都不能直接食用。沙丁鱼罐头倒是有一些，但是他们俩很不喜欢这种食物，一看到它两个人就想吐。麦片倒是没什么问题，但是如果停电的话，就没有热牛奶来冲泡，只能干吃。

他们没有电池供电的收音机，也没有手机，更别提什么手摇式充电器了。他们能做的只有祈祷：就算停电，也只停几个小时就好了。

两个人整个下午的大部分时间都在讨论，或者说在争论如何找到和存放清单上的那些物资。杰茜认为应该把所有东西都搬到阁楼上，以防街道积水造成的洪水。埃文却想把所有东西都放到地下室，以防飓风把屋顶刮走。争论没有结果，最后，他们只能把成堆的食物、毯子、电池、胶带、塑料袋、地图、螺丝刀、老虎钳以及卷筒纸，都放在厨房正中的地板上。这些东西堆在一起，看起来就像一个大垃圾堆，但是杰茜知道，这些东西能救他们的命。接着，他们把门廊上的所有东西：吸饱了水的湿幕布、小地毯，还有一些木材边角料都收进了屋，也扔到了那堆"垃圾堆"里。

大雨下了一整个下午。晚餐时分，开始刮起了大风。杰茜听见风就在屋檐下呼啸着，围着房子打转，似乎想撬开房子的木板钻进来。百叶窗也开始松动，发出梆梆梆的声响。黄昏的最后一丝光线消失，黑暗吞噬了房子。杰茜看着电视里播放的老电影，试图不去想即将到来的无尽黑夜。

晚上九点，杰茜正在刷牙时，电忽然停了。

"埃文！埃文！"在一团漆黑中，她喷着满嘴的牙膏沫大喊。

"来了！来了！"埃文回应着，"别大惊小怪的！"

杰茜摸着水池的边缘，不断地重复着："保持冷静，继续前行。保持冷静，继续前行。"这只不过是黑暗而已。亮灯的时候这里什么也没有，现在灯灭了，同样也不会有什么东西，没什么好害怕的。话虽这么说，但是这瞬间降临的黑暗，仍然让杰茜害怕得心跳加速。

"你到底在哪里？"走廊里传来埃文的声音。一团昏暗的黄色光晕在外面跳来跳去。借着光，杰茜终于可以慢慢看清周围事物的轮廓了。埃文的脸在模糊的光晕里像幽灵一样吓人，但至少他是埃文。

"你的牙膏沫都流到衣服上了。"埃文把手电的光束打到杰茜的胸前。

杰茜飞快地漱了漱口，吐干净嘴里的牙膏泡沫，然后跟着埃文来到厨房，围着手电坐下来。杰茜拿着两只手电：一只应急，一只备用。

狂风在咆哮，似乎把什么东西撕裂后吹到了半空中。紧接着，一记巨大的撞击声传了过来。

杰茜有些紧张："没有夜灯，我不敢一个人睡。"

"我们可以一起睡妈妈的床，那张床大一些。"

这个主意太好了，杰茜飞快地冲进妈妈的房间。狂风依然在呼啸，杰茜和埃文听着听着，睡了过去。与此同时，飓风也在一步一步地逼近。

第十四章
转移视线

> 转移视线：魔术师混淆观众视听的一种技巧，通常利用大量的旁白或者夸张的肢体动作，让观众注意不到台上的手法和机关。

黎明时分，埃文醒了过来。他梦见一头大象掉进了陷阱，它那痛苦的嚎叫仍然在耳边回响。埃文坐起身来。房间里一片昏暗，什么也看不清。T恤粘在汗湿的背上，床单在脚边皱成一团。他一下子有点儿蒙了，忘记自己到底是在哪里。

这时，有什么东西踢了他一脚。这一脚让埃文意识到，杰茜正睡在旁边呢。一瞬间，他什么都记起来了，大象的嚎叫声是屋外的狂风发出的。埃文还没有把梦境回忆清楚，房子外面突然发出砰的一声巨响。

他走到窗边。窗外是人行道，瓢泼大雨倾泻下来，风很大，很多粗壮的树都被刮倒了，其中一棵拦路躺在马路中央。房子前面的一部分篱笆被掉下来的树枝砸坏，院门也被吹飞了，他们用的充气泳池被吹到房前的树上，卡在几根树枝之间。

埃文爬回床上。外面又发出砰的一声巨响，紧接着房子就像被扔到狂风巨浪中的一艘小船一样晃了几下，嘎吱嘎吱地响个不停。"再这样下去，房子很快就会被吹散架。"他心想，"它太老旧了，随时都会倒下。"到了那个时候，他俩该如何是好？埃文使劲地思考着。过了似乎好几个小时，他又睡着了。

一声如同爆炸般的轰响把埃文从睡梦中惊醒。一开始他以为自己刚才没睡着，但是很快，他看见窗外透进来的亮光——尽管天色仍然阴沉昏暗，但那绝对是日光无疑。这一次的声响把杰茜也吵醒了，她可是那种即使有一队士兵冲进来也能呼呼大睡的人。

"怎么了？"她大叫着，两只眼睛睁得大大的。屋外的暴风雨声似乎比之前更大了。它们好像正从某个孔洞钻进来，呼啸着贯穿了整座房子。

埃文和杰茜急急忙忙地跑出妈妈的卧室，顺着巨响声的方向走过去。当走到杰茜房间门口时，两人都被眼前的景象惊呆了：一根巨大的树从墙外戳进来，横在杰茜的床上，在墙上留下一个和车门差不多大小的墙洞。雨水穿过墙洞灌进来，床铺和地板全被打湿了。屋顶的石灰板也被震碎，窸窸窣窣地掉了一地。

"如果我昨晚睡在那儿，那就被砸死了。"杰茜的语气就像在发表什么声明一样冷静。

埃文想想就后怕。如果发生那样的事，他该怎么办？埃文摇了摇头，使劲想把这种想法甩掉。他问道："这是哪棵树？"

他们俩小心翼翼地穿过房间，走到墙洞旁边，向外张望出去。

"埃文，这是你最喜欢的那棵树。"

没错，是埃文和爸爸都爬上去过的那棵树。因为埃文经常爬上去玩，大家都叫它"埃文的树"。现在，树从中间断成两截，上半截便这样撞进了他们的家。

埃文的内心感到一阵深深的刺痛，就好像听说哪个朋友死掉了一样。对埃文来说，这不是一棵简单的树。它就像埃文在这个世界上唯一的朋友，无数次他想逃离这个世界：离开家，离开杰茜，离开爸爸、妈妈无休止的争吵，还有他自己的那些心烦意乱、挫败失望、混乱困惑……每当这样的时候，埃文都会爬到这棵树上。这棵树永远张开怀抱等着他，为他保留一方天地。在那里，他无需伪装，也无需回答任何问题。

现在，这棵树倒了。埃文真想直着嗓子冲天喊叫一番，但是他不能这样做，杰茜正眼巴巴地看着他呢。

"那个……"他终于开口了，"也许我们应该……呃……采取一些措施……"他指着墙上的裂缝说。其实，埃文现在最想做的是躺到床上，用被子将自己埋起来。愤怒再次涌上心头。按道理，现在待在家里操心这一切的人应该是爸爸。

但是爸爸不在家，他走了，在他们最需要他的时候，他消失得无影无踪。此时此刻，埃文明白再生气也无济于事。有些事情需要他们去处理，一刻也不能再等了。他想起了皮特。外婆的家遭受火灾后，他们两个人一起修复受损的房屋，那些情景仍历历在目。而皮特对他说过的话，那些清晰而有力的指令，也在他脑中反复盘旋。

　　"首先，我们要阻止雨水倒灌进来。"埃文说，"它们会毁了房子的。"埃文让杰茜去车库里取一些妈妈放在那里的塑料油布。

　　杰茜想出了一个好主意。他们钉了二十枚钉子，把油布的一头固定在墙洞的四周，再把油布的另一头从墙洞里塞出去，盖在树干上。这样，雨水就可以顺着油布流出去了。但即便如此，强劲的风仍然夹着雨，不停地吹打进来。那半截树也像吸管一样，把雨水从外面引进来，滴滴答答地淌在床上。主意多多的杰茜又有了一个办法。她和埃文把两张小一点儿的油布塞到大树和床褥之间，再把油布折成水槽的样子，这样，滴落在油布上的雨水便会汇集到一起，沿着水槽滴入杰茜放在地板上的水桶里。

雨很大，两个桶里很快就积满了水，他们拿来一大堆擦地板的毛巾。吸饱了水的毛巾又湿又重，都堆在干燥器上。现在没有电，所以没有办法弄干它们。

接水、擦地让他们俩又累又困又饿，他们各倒了一碗干麦片。来电之前他们不想打开冰箱，那样里面的冷气能保留得长点儿，能更好地保存里面的食物。他们就这样坐在昏暗的房间里，吃完了碗里的干麦片。

没有电，也没有带电池的收音机，他们不能看电视，没法上网，更打不了电话，他们仿佛与世界失去了联系。

"要不我们去卡普尔家吧？"杰茜建议说。卡普尔是他们家的邻居。

"咱俩这不是好好的嘛。"埃文说，"我们暂时不需要他们。"他心里明白，自己说的并不是事实。屋外飓风肆虐，家里的墙上还有一个浴缸大小的洞！但是，他不想让别人知道爸爸把他们俩丢在家里自己走掉了，而妈妈却在出差后没能及时赶回家。美国法律不允许家长把像他们这样大的孩子单独留在家里，如果邻居知道这些，他们会报警。他不敢冒这个险。最好的选择就是待在家里，挺过这场暴风雨。

"但是，如果……"杰茜磕磕巴巴地说，"万一……万一房子塌了怎么办？或者地下室进水了，洪水淹没楼梯呢？"

埃文看向杰茜。她的这些想法正和自己想的不谋而合。他也想象着地下室积水漫延的情景，仿佛它们正一寸一寸地爬上楼梯。

"啊呀，埃文！"杰茜忽然冲到地下室门口，"霍夫曼教授还在地下室里呢，我们把它落在那儿了！"

"等等！"埃文说，"我去拿手电！"

他跑到妈妈的房间，一把抓起一只光线很强的手电筒，帮杰茜也拿了一只，然后又冲回到地下室门口。

地下室已经被淹了。水从混凝土墙的裂缝里渗进来，在水泥墙面上流淌着，就像一个又一个微型的小瀑布。楼梯最下面的两级楼梯已经被淹没不见了。

"在哪儿？霍夫曼教授的纸箱子在哪儿？"杰茜尖叫着到处晃手电。手电的光束照到房间的一角时，他们发现有什么东西漂在水面上。是霍夫曼教授的大纸箱！已经被水浸透，破破烂烂地摊在水面上，里面什么也没有。

第十五章
消失不见

> 消失不见：动词。魔术表演的一种形式，它让事物、人或者动物看上去像是消失了一样。

杰茜穿上雨靴，费力地蹚着水，到处找兔子霍夫曼教授，但是她找遍了地下室露出水面的每一个架子，却连兔子的影子也没找到。

积水不断上涨，水面漂浮的脏东西也越来越多。

埃文担心杰茜的安全，几次催她上楼。

杰茜走上楼梯，脱掉雨靴，"它会去哪里呢？"杰茜其实知道答案，霍夫曼教授已经被淹死了。等暴风雨结束，积水退去，他们就会在地下室找到它那孱弱瘫软的小尸体。它再也不能参加魔术表演了。

杰茜从来没有爱上过什么动物，但是这一次，她爱上了霍夫曼教授。它那么安静、单纯，还能预知未来，却从不挑剔现状，只要有人能不时地清洁它的食盆和居住环境，它便能完成你需要它完成的所有工作。它的确是一只非常好相处的兔子。

杰茜努力不去想霍夫曼教授死去时的情景，它是不是也如自己被装进藤箱时那样充满绝望和恐惧？是不是也感觉窒息？她不断地告诉自己，兔子和人类不一样，不会在这种情况下感到恐惧。但是随着时间的推移，早晨快要过去，外面却依旧狂风暴雨，杰茜内心的恐惧越来越深。她没法不想霍夫曼教授，也许它当时的感受就和自己现在的一模一样。

"埃文，水桶里的水溢出来了！"杰茜大喊。这是她今天第十五次去自己的房间查看。雨越下越大，比他们见过的任何一次都要大，水桶里的水以不可思议的速度飞快地上涨着。

"等一下！"埃文回应道，"厨房又有一个地方漏水了！"下午的时候，厨房的天花板开始滴水。于是，埃文和杰茜不得不定时去每个房间巡逻，到处查看有没有新增的漏水点。现在，妈妈的房间里有一处漏水，浴室里有一处漏水，厨房里已有三处漏水，而一楼唯一干燥的房间就只剩下客厅了。埃文和杰茜把所有的应急物资从厨房挪到客厅，然后准备吃点儿东西。

"我实在受不了了。"杰茜试图打开一个泡菜罐子。

"又受不了什么了？"埃文说着，伸手从杰茜手中接过泡菜罐子。他正在吃玉米薄脆饼，里面夹着冷冰冰的巧克力酱。巧克力酱本来应该是加热了吃的。

埃文把罐子的盖子拧松，递给杰茜："别吃太多，最多两块。"

"我受不了所有的事情。这场暴风雨，这么多的工作。"杰茜还有一句没说出来，那句话一直萦绕在她的心头，"还有那么多的悲伤。"

"是啊，我也累了。"

"我们是不是要整夜守着这些水桶，一装满就马上倒掉？"杰茜问。

"是的，除非暴风雨能结束。你觉得雨会不会停啊？"

两个人都竖起耳朵，听外面的狂风呼啸、雨水打窗。暴风雨持续了太长时间，长得仿佛已经过去了好多天。"停不了。"杰茜终于说道，"我看它一点儿要停下来的意思都没有。"

"我真希望现在能有一台收音机。"这已经是埃文今天第四次说这句话了，"我只想知道，现在到底发生了什么事情。"埃文说着往后一靠，闭上了眼睛。杰茜以为他会这样在沙发上睡着，但是不一会儿他又坐起来说："我再去地下室检查一下，看看积水有没有继续上涨。"

从早晨到现在，杰茜再没有去过地下室，她没法忍受那里的一切，但是埃文每隔一小时就会去查看一次，数一数还未被水淹没的台阶数。在最近一次的检查中，只剩下最后十级台阶了。再这么涨下去，如果积水涨满地下室，涌进厨房，那该怎么办？

杰茜深深地吸了一口气："我和你一起去。"

"你没必要跟我去。"埃文说，"我自己去看看就好了。"

但是杰茜依然坚持着。为了安全起见，他们俩把能找到的七只手电筒都搜集到一起，全部打开。埃文胳膊下夹着两只，手里拿着两只。杰茜则把三只手电筒捆成了一捆。无论前面出现什么，她都希望能有一束强有力的光线照着。在打开地下室门之前，埃文停了下来。

"杰茜，如果地下室的水涨得太高，我们就得找人来帮忙了。"

"你的意思是，我们就不得不告诉别人，爸爸把我们丢下不管了？"

埃文点了点头。

把这种事说出来实在太糟糕了。"爸爸把我们丢下不管。"杰茜不知道爸爸会不会因此被逮捕。法律有没有规定，不许把孩子独自留在飓风天里不管？

"他为什么要这么做，埃文？难道仅仅是因为热爱他的工作？难道就不是因为他不爱我们？"

"我不知道。"埃文的声音听起来疲惫不堪，他的身体也有一些瘫软，但是，他一直在努力站直，"我恨他！我恨他不管不顾地把我们扔在家里，我恨他一次又一次地抛弃我们！尤其是这一次，在这种天气……"

"这场暴风雨又不是爸爸的错。"杰茜认真地辩解着，"你不能因为飓风责怪别人，这只是自然气象而已。"

"就是他的错。他已经是成年人了，应该想到这些事情，应该关心这一切！"

杰茜不知道如何回答。她不喜欢埃文生爸爸的气的样子，这让她开始怀疑自己是不是无意间问错了问题。她看向埃文："他只是……爸爸而已。"

埃文摇了摇头，脸色缓和下来，恢复了之前一脸疲惫的神情。他说："我们检查一下地下室。"

杰茜很高兴埃文走在前面。如果这是一部恐怖片的话，那现在正是僵尸跳出来攻击他们的时刻，她仿佛听见那些恐怖的背景配乐。杰茜沿着狭窄的木制楼梯，一步一步小心地往下走。她的两只手捧着手电筒，所以没办法像平时那样扶着栏杆。

"快看！"走在前面的埃文忽然大叫。

"僵尸吗？"杰茜本能地去抓栏杆，手电筒从她手中滑落。她往前一扑，想接住手电筒，但是脚下一滑，往前摔了出去。杰茜先是撞到了走在前面的埃文，接着栽进地下室又冷又黑的水里。

第十六章
还原

还原：动词。事物恢复原状，也是魔术表演的一种形式。它先弄碎、撕裂某些物品，再将它们恢复成原来完整的样子。

"救命啊！救命啊！"杰茜惊恐地扑腾着。

埃文冲进积水，一把抓住杰茜。"你淹不死的，快站起来！"杰茜手脚乱动，一巴掌打在埃文的脸上。埃文往后一仰，也倒在积水里，但他拍着水站起来，可是却找不到杰茜。整个地下室一片漆黑，只有楼梯尽头的地下室大门那儿透进来的一丝亮光。埃文能听见杰茜拍打水面和喘气的声音，但是他什么也看不到。水底下有什么东西踢了他一脚，他朝那个方向抓去，一把将抓住的东西提出水面。是杰茜！

"别乱动！水不深，站直就可以了！"埃文提醒道。

杰茜紧紧地抱着埃文，仿佛一松手自己就会死去。埃文感觉到她已经踩到了地下室的地板，呼吸听起来也算正常。

"你刚才让我看什么啊？"杰茜问。

"我想让你看水位下降了，降了整整两级台阶呢，谁知道你那么大惊小怪的。"

两个人终于爬到楼梯尽头坐了下来。

"霍夫曼教授死了。"杰茜伤心地说道。

埃文点点头："那棵'埃文的树'也没有了。"

"爸爸也走了。"

可这些都不算太麻烦，最麻烦的是：所有的手电筒都丢了，全都沉到水底了。没有手电，他们俩怎样才能熬过又一个漆黑的夜晚呢？

"今天是我这辈子最糟糕的一天。"杰茜闷闷不乐地说，"你觉得暴风雨过去了吗？"

埃文指着楼梯下面说："积水水位在下降，说明雨变小了。"

"但还没有完全停下来，风也还在吹，还会有大树被刮倒的。"

"别想那些了！你这样想，没有大人帮忙，我们俩也挺过了这场一级飓风。这是我们这辈子度过的最棒的一天！"

杰茜沉默了一瞬，忽然高举起双手欢呼起来：

"我们是特斯奇家的孩子，我们是最棒的！"

下午快过去的时候，暴风雨终于有了偃旗息鼓的迹象。风虽然还在吹，但雨慢慢地小了，最后变成了蒙蒙细雨。天色慢慢地暗了下来。埃文和杰茜开始讨论，是不是要点上几根蜡烛，妈妈有几根在特别场合装饰用的蜡烛。埃文也知道该如何划火柴取火，只是，妈妈不允许他们在大人不在场的情况下碰火柴。

"如果我们把房子烧了，"杰茜说，"妈妈肯定不会饶了我们的。"

最后他们还是决定，在黑暗中度过这漫漫长夜。与今天白天经历的一切来说，待在黑夜里的痛苦简直不值一提，就连杰茜似乎都不那么惧怕黑暗了。"这里就像舞台的后台，等待着幕布拉起的那一刻。"她说。

在上床睡觉前，他们俩最后一次把所有接水的水桶倒空，空空的水桶绝对可以撑过整个晚上。细雨轻轻地拍打着窗户，正是让人入梦好眠的声音。

周日清晨，明亮而灿烂的阳光穿过窗户，照在埃文的脸上，把他从睡梦中唤醒。他最先想到的是水桶，于是急急忙忙地下了床，跑去杰茜的房间检查。还好，水桶里只有浅浅的积水，房屋所有漏水的地方都已停止。窗户被雨水冲刷得一干二净，清晨的阳光穿过晶莹剔透的玻璃，明晃晃地洒在地面上。埃文从这间屋子走到另一间屋子检查着。在他眼里，这个世界从未如此的干净、明亮，宛若新生。

杰茜起床后，他们俩吃了一些饼干、花生酱和苹果。

"真想来一张煎饼。"杰茜用盘子接着饼干的碎屑，小心地吃着。饼干吃起来总是容易掉渣渣。

"还有煮蛋和培根。"埃文说着，舔干净手指上沾着的花生酱。

"还有华夫饼！"

"还有煎蛋卷！"

"还有妈妈做的咖啡味儿蛋糕！"

提到妈妈，两人一瞬间都陷入了沉默。过了一会儿，杰茜开口问道："你觉得妈妈今天回得来吗？"

"只要回得来，她肯定会回来的。"埃文说。如果今天天黑前妈妈还没有回家的话，他们就必须出去寻求帮助了。手电全都丢了，食物也快吃完。在这种状况下，他们不可能再坚持下去。

"你说我们的舞台是不是已经塌了？"杰茜问。

"要不看看去？"

两天来，他们俩第一次走到外面。埃文感觉仿佛来到了外星球。后院到处都是被风吹折的树枝，草坪上横七竖八地躺着被刮断的枝干，还有一个埃文从来没见过的、很大的塑料垃圾桶和一把露台遮阳伞。一辆黄色的小三轮车高高地卡在树上，它旁边的树上则挂着一件男式雨衣。

但在所有这一切中，最让人吃惊的就是那棵"埃文的树"了。它就像从他们家的房子里"长"出来一般：一大截树干从房子里支出来，一端斜靠着房子，另一端则连着拦腰而断的树桩。房子如同长出了一只手臂，正贪婪地伸向树林，想要去够什么东西。埃文想起了还原魔术。把一根绳子剪成四段，再把它们重新连回去。埃文真希望自己能在"埃文的树"上施展这个魔术，把它变回原样。

"我们收拾一下吧。"杰茜喜欢收拾，把所有东西都放回原来的地方。她捡地上的树枝，埃文则扶起那个大垃圾桶。

"你们好哇！"梅根绕过房子，走进了后院。看到眼前的情景，正在微笑挥手的她呆住了，"哇！你们家的房子上长了一棵大树！"

"确切地说，是一棵大树插到了我们家的房子里。"杰茜指着树干。

"你们家成功地把我们家打败了。我们家只是刮跑了两扇百叶窗，烟囱里塞满了树枝和树叶。哦，还有，我爸爸的那架鼓风机被吹到了树顶上！"

埃文没有说话，指了指树顶上挂着的三轮车和雨衣。

梅根会心一笑。过了一会儿，梅根注意到了那座舞台："你们还打算表演魔术吗？"

"可能会有一些问题。"埃文的心一点儿一点儿地往下沉，杰茜的眼里开始聚集起眼泪。

"但是你必须表演啊！"梅根说，"我帮你卖了不少票呢。"

"你说什么？"埃文问道。

"杰茜给了我一些她打印的门票。不少同学跑来问我票的事情，他们给了我钱，我就把票卖给他们了。"

埃文注意到杰茜收起了眼泪。任何和钱有关的话题，都能让她振奋起来。

"我担心没有观众。"埃文说，"他们估计都得在家打扫收拾。"

"萨利会来。今早她骑车路过我家楼下时，她还跟我说她肯定会来。我们家隔壁的小孩也会来，我答应他们的妈妈了，会在这一路陪着他们。"

埃文耸了耸肩："那就告诉他们表演取消了，再把门票钱退给他们好了。你们说呢？"

"太可惜了。"梅根说，"这可不是一笔小钱。你知道吗？我一张门票卖两块呢！"

"哇，两块！"杰茜大喊一声，转头看向埃文，"也许因为下雨，来看的人更多呢？镇上还没恢复供电，他们在家待着也没事做。"

埃文指着门廊："可是舞台还没有搭起来……"

"我来帮忙！"梅根说，"萨利也会来帮忙的。大家被困在家里两天了，正好出来活动活动。"

埃文看向杰茜，歪着头考虑起来。真的可以吗？一级飓风过去还没几个小时，他们能成功表演一场魔术秀吗？他知道杰茜的脑子也在飞快地运转着，考虑到所有可能发生的情况，然后给出一个有可行性的答案。

"我们能做到！"她严肃地说，"而且，我们要把这场表演献给霍夫曼教授。"

第十七章
"表演必须继续！"

"表演必须继续"：表演秀活动的一个古老的口号。它的意思是，无论遇到什么麻烦和阻碍，表演都必须进行，不能辜负等待的观众。一级飓风过后，埃文的魔术表演秀能继续吗?

杰茜简直不敢相信，埃文竟然能表现得这么

棒。他先用一些手法魔术开场，比如掏出一枚硬币，突然把它变不见，再在杰茜的耳朵后面变出来。尽管杰茜很清楚这个魔术是怎么回事，但她仍然对埃文的表演佩服得五体投地。

在这之后是还原魔术。埃文把一根绳子剪成四段，再把它们重新连接起来。接下来是杯子和球戏法。把一颗红色的橡皮球放置在三个杯子中的某个杯子下面，通过一定的手法，这个红球便会在不同的杯子中出现或消失。

观众席掌声雷动。尽管院子里的地是湿的，大家不得不站着观看表演，但仍然有六十多个人来看魔术秀。大部分人是四年级的同学，还有其他年级的学生。杰茜看到了一大群五年级的学长，甚至还有几个六年级的学长！还有邻居家的小孩。

每完成一个表演，杰茜都会向观众鞠躬。埃文是表演的魔术师，她则是协助魔术师的助手。到目前为止，她一次失误也没有，埃文已经偷偷地表扬了她两次。

接下来，埃文要开始表演扑克魔术了：黑红分明、寻找黑桃A、混乱变有序、四个国王周游世界。纸牌魔术渐渐接近尾声，杰茜开始不安起来。她答应埃文一定要好好表现，并做了承诺。爸爸已经失信于埃文，现在埃文只能指望自己了。杰茜绝对不会做爸爸那种临阵脱逃的事情。但是，她真能做到吗？她会不会毁了整个表演？

"女士们、先生们！"舞台上的埃文亮起嗓子，"还有两个魔术，今天的表演就要结束了。现在请看这个空箱子，我会从里面变出一只兔子来！"

杰茜小心翼翼地将魔法兔箱摆到折叠桌上，就像埃文教她的那样，箱子的正面对着观众。她把玩偶兔藏在箱子里，那扇隐蔽的暗门把兔子挡在箱子的后半部。在把魔法兔箱放到桌上的时候，杰茜感到一阵深切的悲哀，她又想起了霍夫曼教授。

埃文成功地调动起了观众的热情。他大声地敲着箱子的四面，又打开箱子的盖子，让大家确认里面是空的，然后拎起折叠桌的桌布，向观众展示桌子下面也没有机关。

"现在，我只要在这个箱子上罩一个盖布，然后用我的魔杖轻轻地敲几下……"埃文说着敲了敲箱子，唰的一下扯下盖布，"兔子，出来吧！"

刚才的空箱子里，现在躺着一个玩偶兔。杰茜伸手拿出兔子，向现场观众展示。

"这不是真兔子！"斯科特在观众席上大喊。

"就是嘛，是个玩具，你之前说要变出一只活的兔子！"邻居家的孩子也跟着嚷嚷。

"可是埃文把它凭空变出来了啊！"杰茜大声回应。这明明是一个好魔术，观众为什么不但不鼓掌，还找茬儿呢?

"霍夫曼教授去哪儿了?"梅根问道。所有四年级的孩子都知道,埃文和杰茜有一只真正的兔子,名叫霍夫曼教授。

"他出去度假了!"杰茜说,"你们现在应该来点儿掌声。"

观众开始鼓掌,但不是很热烈。他们本来期待一只活生生的真兔子,没想到是一个玩偶兔。杰茜终于意识到,最后的压轴魔术只能成功不能失败,这场表演全靠她了。

"现在是今天最后一个魔术,也是最精彩的一个。我将会……把我的助手……变!不!见!"

"耶!好耶!"斯科特大声喊道,"你是不是还打算拿玩具来充数啊?"

"安静!"杰茜制止了斯科特。爸爸说得对,必须做好有人喝倒彩的准备。在舞台上站着，并不像看起来的那么简单。

埃文和杰茜把那个印度藤箱搬到前台。门廊的地上铺着一块小地毯，下面就是他们之前准备好的洞。藤箱正好放在地毯的前面。杰茜很紧张，感觉心就要从嗓子眼儿里跳出来了。

"大家看好了，在你们面前的是一只普通的藤箱，四个侧面、一个底和一个盖。"

"里面有没有玩偶兔啊？"斯科特又带头嚷嚷起来。

"安静，斯科特！"梅根在一旁制止，观众席上的不少观众也附和，"是啊，安静点儿。"

埃文看着斯科特："你为什么不上台来确认一下呢？如果你有胆儿的话。"

台下的观众都把头转向斯科特，他一下子有些手足无措。埃文若无其事地站在舞台上，好像这一切都与他无关，但是杰茜紧张坏了。如果斯科特上台后发现那层假箱底，这个魔术就完蛋了。

"哼，上个台而已，我有什么好怕的？"斯科特说着，趾高气扬地朝台前走来。

"请上前来。"埃文示意斯科特去检查台上的藤箱。杰茜简直不敢相信，关键时刻埃文竟然如此冷静，举手投足毫无破绽，好像这个世界上没有什么事情能让他感到害怕一样。

斯科特把藤箱的四个侧面都拍了拍，又打开盖子往里面瞅了瞅。"千万别提箱子，千万别提箱子。"杰茜在心里默念。

斯科特绕着藤箱走了一圈，似乎想用什么办法再检查一遍。忽然，他飞快地踹了藤箱一脚。藤箱往前滑动了十几厘米，但依然保持原样。

"一切正常。"斯科特不情不愿地声明。杰茜忽然意识到，斯科特帮了他们一个大忙，他让表演显得更加真实、可靠。如果没有他，无论埃文或杰茜怎么做，都达不到这样的效果。

"现在，我的助手将走进这个藤箱！"埃文宣布道。然后，他看了看杰茜。

杰茜和埃文一起经历过许多事情。去年夏天，他们俩之间爆发过柠檬水大战；秋天的时候，他们一起把斯科特送上了模拟法庭；冬天去外婆家的时候，他们俩找到了在暴风雪中迷路的外婆，并打败了两个虐待青蛙的大块头孩子。再之前，爸爸、妈妈还没有离婚，她和埃文还一起坐在那棵"埃文的树"上，等待父母结束那无休止的争吵。

杰茜走进藤箱。她突然感觉浑身无力，几乎就要瘫倒在地。她的心也越来越沉，一阵嘶嘶的耳鸣声穿过脑袋。

埃文说："现在，我的助手将躺到藤箱里。"

杰茜呆了呆，慢慢地在藤箱里蹲下，然后双手放在胸前，蜷曲着在藤箱里躺了下来。天空湛蓝湛蓝的，不远处的什么地方，有一把电锯正在嗡嗡地响着。一只鸟从头顶掠过。

埃文看了杰茜一眼，盖上了盖子。藤箱里顿时漆黑一片，杰茜的视线变得一团模糊。一些奇怪的线条在她眼前不停地旋转，直到最后，在她面前变成了两个圆圈。似乎有一只巨大的手压在她的胸口，想挤光她肺里所有的空气。耳鸣声越来越响，外面发生了什么，她已经听不见了。这让她想起有一次，她正在海边玩冲浪。不知怎么弄的，皮艇被打翻了，她掉进了海里。她没法呼吸，没法睁眼，好像要被大海吞没一般，除了轰鸣的海浪声，什么也听不见。

她的腿忍不住想动，想踢开盖子跳起来。"不行！"她对自己说，"你不在水底下，你在藤箱里。"她使劲吸着气，向自己证明，一切都很正常，空气正一丝一丝地钻进她的鼻子。

"你做得到的！"她对自己说，"没有大人在身边帮忙，一级飓风你都挺过来了。你做得非常棒！别担心，埃文就在旁边。"她控制着自己的两条腿，静静地等待着，呼吸慢慢恢复了正常。

就在这时，藤箱向前翻滚，隐藏的备用箱底落下来，把杰茜和最外面的箱底挡在后面，也挡在了所有人的视线之外。

如果不是忽然意识到魔术还在进行中，杰茜差点儿高声大喊"成功了"。这个想法在她的脑海里转了一圈后，杰茜忽然想起来，一直躺在这里可不行，她必须赶紧行动。杰茜蜷着腿翻向一侧，尽可能地缩成小小的一团，然后掀起小地毯的一角。地毯下面就是那个洞，她迅速地钻了进去。舞台上的埃文正大声地和观众说着话，为魔术的后半部分制造热烈的气氛。他绕着藤箱走了一圈，不动声色地用脚把地毯重新盖上。这样一来，地洞又被盖住了。

与此同时，杰茜正在门廊的洞里面往另一头的出口处钻。洞里乱糟糟的，尽是脏兮兮的烂泥巴和黏糊糊的湿叶子，还有各种各样的虫子，更别提小石子了。幸运的是，这段距离不算太长。爸爸之前在门廊的另一边锯了一个出口，在上面盖上木板，做成了一个暗门，它离杰茜之前钻下来的那个洞只有大概3米远的距离。她必须从那个暗门钻出去，蹑手蹑脚地绕过院子，跑到后面的小树林里，然后在埃文挥舞魔杖的时候，出现在观众席的后方。时间不多了，她得快点儿。

但是当杰茜快爬出去的时候，一个小东西突然出现，把她吓得几乎昏死过去。

第十八章
召唤

召唤：动词。叫人来（多用于抽象事物）。本章指的是魔术表演的一种形式，在这一章中，埃文用这一表演手法"召唤"出了什么呢？

埃文很擅长在舞台上鼓动观众，但即便如此，他也不可能一个人一直说下去。他已经绕着藤箱走了三圈，向观众展示它确实空了，杰茜也的确消失了。现在，他得把藤箱翻转回去，再一次扣紧盖子。然后，他把之前垫在杰茜身下的那个箱底扶起来，迅速地扣在箱子上，然后小心地把藤箱提起来，向大家展示藤箱下面没有任何机关。

"我的助手不见了！消失了！她消失得无影无踪！我们还能不能再见到她呢？"观众席上安静下来，大家都紧张而又期待地盯着舞台。

埃文把问题抛给大家，可他心里也没有答案。杰茜到哪儿去了？她为什么没有按照计划出现在观众席的后面？难道她被卡在门廊下了？或者跌到洞里时受伤了？或者在藤箱里时被吓坏了，一逃出去就晕倒了？埃文扫视着观众席的后排，努力辨认小树林里的动静。现在应该是杰茜出现的时候，可是她没有出现。一定有什么地方不对劲，埃文不敢往下想了，他要去找杰茜。

就在他打算宣布结束表演，准备跳下地洞去找杰茜的时候，他看见杰茜从小树林里偷偷摸摸地朝观众席走过来。太好了！埃文大大地松了一口气。

"我的助手消失了，但是我有魔力把她再变回来！我只需要挥舞一下我的魔杖，一、二、三！"埃文夸张地在空中挥舞着魔杖，"如你所见！"魔杖指向观众席的后方，院子里的人齐刷刷地扭头看去，杰茜正笑眯眯地站在那里。

掌声如潮水般响起。

"大家看，看我把什么变出来了！"杰茜高声叫着，语气中透着欣喜，迅速地跑向舞台。"霍夫曼教授！"她高举起双手，人人都看到了她捧着的那只小兔子。

"霍夫曼教授！"埃文欢呼着，朝台下的杰茜冲去。"你是在树林里找到的吗？"埃文轻声问。

"不是！"杰茜悄悄地说，"在门廊的地板下面。那里有一个小洞通往地下，它肯定是从那里挤出来的！它一直藏在门廊下面，直到我发现它。"

"哇！他简直是逃脱大师！"埃文忍不住惊叹。

杰茜捧起兔子，贴在自己的脸上。她喜欢霍夫曼教授。它也是一级飓风的幸存者，就和他们俩一样。

"该谢幕啦！"梅根说。

埃文和杰茜在雷鸣般的掌声中跳回到舞台，一遍又一遍地向观众鞠躬。"太棒了"的喝彩声和口哨声此起彼伏。埃文看得出，杰茜恨不得一整天都这样站在台上，但他也看得出，霍夫曼教授已经蹬着腿想走了，于是他高声宣布："表演结束！"

观众散去，埃文费劲地把屋后的大树枝拉到院子一旁时，他忽然看到了一个人——妈妈！

"妈妈！"埃文扔掉树枝，向妈妈奔去。他抱住妈妈，闻到了她身上熟悉的、令他感到安全的味道。埃文不知道怎么回事，忽然哭了出来。妈妈也哭了。

"我们有了一只兔子！"杰茜宣布说。

"什么？"妈妈从埃文的拥抱中挣脱出来。埃文瞪了杰茜一眼，妈妈回家后的第一个话题竟然是这个，这让他非常不满意。

"它的名字叫霍夫曼教授。是爸爸买回来的，他想让它参加我们的魔术秀，但是它最后也没赶上。我们以为它已经死了，因为……因为……它……"杰茜犹豫不决，声音越来越小，最后陷入了沉默。

"兔子？"妈妈摇着头，"我要和你们的爸爸好好地谈谈这件事。"妈妈绕过房子，向后院走去。但在看到"埃文的树"的那一刻，她惊呆了，叫道："哦，我的天啊！"

杰茜又开始蹦来跳去，滔滔不绝地向妈妈汇报："它就砸在我的床上，不偏不倚！是埃文救了我的命，因为前一天晚上他让我睡到你的床上。这棵树倒下的时候发出巨大的声响，好像放大炮一样！轰！"

　　"这是什么时候发生的事情？"妈妈盯着门廊问道。门廊的栏杆都不见了，但地上并没有留下参差不齐的碎片。很显然，它们不像是被暴风刮走的，是被人为拆掉的。"埃文，暴风雨会把我们的门廊栏杆都拆掉吗？"

　　"不会……"埃文犹豫着说，"是爸爸拆的。他说这些栏杆不安全，他已经打电话叫人来修了，但是我记不得那个人的名字了……"

　　"他拆的？"妈妈又重复了一遍这句话，"他竟然拆掉我的栏杆？他在哪儿？"妈妈一边问，一边爬上门廊，往厨房后门走去。

214

"别踩那儿！"妈妈正要踩到小地毯的时候，埃文大喊一声。

"我的地毯！埃文！杰茜！你们知道家里的规矩，不能随便从妈妈的工作室拿东西。"妈妈弯下腰，抓起地上那张湿漉漉的地毯。地毯下面的洞，就这样展现在众人面前。

妈妈盯着这个洞，一句话也没有说。埃文看出她快要爆发了。妈妈会发火吗？他想让妈妈回家，但是不想她回家后对自己大发雷霆。一阵疲倦的感觉突然袭来。他已经为这个家努力了整整两天，尽力保护着房子里的一切——但是房子还是被毁掉了。妈妈甚至都还没看到那漏水的房间、积水的地下室。如果她看到这一切，会有多生气呢？

"我要和你们的爸爸谈一谈。"她的声音里透着怪异的冷静，"他在哪儿？"

埃文和杰茜只是盯着她看。杰茜本来打算开口说些什么，但是她被妈妈的严肃的样子吓坏了，一句话也说不出来，埃文也目瞪口呆地站在原地。

"他在哪儿？"妈妈又问了一遍。但是这一次，她的声音里透出的却是紧张和不安。埃文知道，她甚至比他和杰茜还要害怕答案。

"他走了。"杰茜说。

"什么意思？"妈妈的声音尖细得好像一根针。

"就是离开了的意思。"埃文说。把这句话大声说出来真是太可怕了，哪家的爸爸会把自己的孩子丢下不管？"他回战场去采访了。"

妈妈好像被什么东西击中了一般，往后退了一步。"他什么时候离开的？"她慢慢地问出这句话，就好像现在说的是外语，必须字斟句酌才不会出错。

"周六早上走的。他要赶在暴风雨到来之前搭乘航班离开，你那个时候打不通他的电话，因为那时他正在飞机上。"

"你们俩被单独留在家里？"妈妈的嗓门儿越来越大，"你们俩待在家里整整两天？你们俩在家里挺过了整场暴风雨？那时候树还砸坏了房子？"

泪水顺着她的脸颊飞快地流下，止也止不住。埃文看着这些泪水，不禁想起了暴风雨中天花板上漏下来的那些水。

"到妈妈这边来，快过来。"妈妈搂住了杰茜，"对不起，非常非常对不起，我不应该离开你们，我不知道自己当时是怎么想的。"

妈妈的话让埃文禁不住抓狂。这根本就不是妈妈的错，她只不过是为了完成自己的工作，为什么要因此内疚呢？"不对，你应该离开的。"他说，"你必须去那儿，我们都明白。这不是你的错，你什么也没有做错。"

"更何况，"杰茜说，"我们做得也很棒！埃文和我一起用油布把墙上的洞挡了起来。我们没打开过冰箱。我们还定时把水桶里的水倒掉，地板都没有被雨水泡坏。我们的魔术秀表演非常成功，甚至还找到了霍夫曼教授。呃，其实，是我找到的哦！"

埃文笑着摇了摇头。杰茜总是喜欢自吹自擂，给自己邀功。但是，她成功地把妈妈逗得大笑起来。

"但是，妈妈！"杰茜用她那一本正经的语调问，"为什么爸爸总是要离开我们呢？"

妈妈在门廊上坐下，好像她的两条腿再也没有力气支撑自己一般。埃文和杰茜也在她的两旁坐了下来，一边一个。埃文屏住呼吸，等待着听妈妈会说些什么。为了这个问题的答案，他已经等了太长的时间。

"你们的爸爸非常爱你们。他是一个好男人，他聪明、慷慨，而且有趣、坚强。"特斯奇太太的眼睛穿过门廊，望向远处的树林，好像她接下来要说的话，都藏在那林子里一样。"但是有一些人———一些特别好的人——并不适合当父母，他们并不擅长做家长，但这并不是说他们有多糟糕。你依然可以爱他们，只是有些事情需要了解，更需要理解。现在，看看你们在这些天里所做的一切，你们已经能够保护自己了。你们不但照顾好了自己，还帮助了对方。你们是这个世界上最棒的孩子，而我，则是这个星球上最幸运的妈妈。"

埃文把妈妈说的每个字都记在心里，反复琢磨。不一会儿，他笑了。这是他这个礼拜以来第一次感到这样轻松。他一直都以为，这次一定有什么事情要改变，但是没有，爸爸依然是爸爸。埃文并不想恨爸爸，爸爸是他身体的一部分，恨爸爸就等于恨自己。

杰茜严肃地摇了摇头："我不觉得你是这个星球上

最幸运的妈妈，你还是先进屋子看一看再下定论吧。"

杰茜和妈妈一起走进房子，埃文留在了院子里。他在"埃文的树"下徘徊了很久，抚摸它的树干。最后，他弯下腰，用额头轻轻触摸那粗糙、潮湿的树皮，轻声地对它说"再见"。

特斯奇太太看过房子的所有损毁部分，然后给保险公司打电话，确认这些损毁都是由飓风和积水导致的。做完这些时，已经是黄昏了。埃文和杰茜悄悄地开了一个小会，然后一起走下楼。妈妈正坐在厨房的桌子旁，计算修复门廊所需的费用。保险公司不负责这部分的维修费用。

"要花多少钱？"杰茜站在妈妈旁边，两只手藏在身后。

"很多啊！"特斯奇太太沉着脸说。

"很多是多少？给一个确切的数字。"

特斯奇太太摇了摇头："我还不知道，皮特说他会开车过来看一下。"

"皮特！"埃文欢呼起来。上一次见到他，已经是好几个月之前的事情了。"我们能修好的，我和皮特一起修，谁也不用雇。"埃文的脸上漾开了一个大大的笑容。

"就算如此，还是要花不少钱……"

"到底是多少？"杰茜抬眼看了看埃文。埃文也正看着她，笑容漾得更大了。

"我不确定……"

"会比127块还要多吗？"

特斯奇太太挑着眉毛问道："为什么这么问？"

杰茜伸出背在身后的手，两只手里满满的都是钞票。

"今天的魔术秀我们俩一共挣了127块，我们想把这钱给你用，都给你！"对杰茜来说，说出最后三个字有些困难。把魔术秀挣到的钱给妈妈是埃文的主意，杰茜对此有一些挣扎，因为她一分钱也拿不到了。

特斯奇太太笑了："你们俩实在是太好了，但是……"

"我们以为挣了128块。因为每张票两块，也就是说，总收入不应该是单数。但是，可能有人只付了1块。"杰茜一副愁眉不展的样子，她不喜欢承认自己计算有误，也不喜欢有人捣乱，不按规矩付款。

"不管怎么说，"埃文说，"我们想把这些钱给你。我知道这可能远远不够，但它总能抵上一些，不是吗？"

"这可是一笔巨款。"特斯奇太太说，"但是我不想用你们的钱，你们挣这些钱可不容易。"

"我们都是特斯奇家的人，特斯奇家的人是团结一心的。"杰茜坚持着。

"没错。"埃文说，"就像你一直对我们说的，家庭是第一位的。"

"谢谢你们。"特斯奇给了埃文一个大大的拥抱，又把头抵在杰茜的脑袋上蹭了蹭，然后把钱收到一个大信封里，并在她刚才计算的笔记本里夹好。"这些钱帮了我的大忙。"说完，她上了楼。

妈妈的话让杰茜感觉好受了一些，但是忙了一场一分钱都没挣到，她还是有点儿难受。她不知道自己还能不能开一个银行账户。想到这里，她突然有了一个主意。

她问埃文："外面是不是很热啊？"

"是啊。"

"那我们是不是可以……"

埃文突然明白过来。

"卖柠檬水！"俩人异口同声地喊了出来。

柠檬水！

5角

温驯可爱

霍夫曼教授
抱一次收费
1块

纸牌魔术
学一种收费1块

冰凉可口！
免费品尝

好好喝啊！

5角
一杯

最好喝的柠檬水！

图书在版编目（CIP）数据

飓风魔术秀 /（美）戴维斯著；王洁译 . -- 武汉：
长江少年儿童出版社 , 2015.9
（柠檬水大战）
ISBN 978-7-5560-3401-7

Ⅰ.①飓… Ⅱ.①戴…②王… Ⅲ.①儿童文学－中
篇小说－美国－现代 Ⅳ.① I712.84

中国版本图书馆 CIP 数据核字 (2015) 第 228283 号

THE MAGIC TRAP by Jacqueline Davies
Copyright © 2013 by Jacqueline Davies
Simplified Chinese translation copyright © 2015 by Hachette-Phoenix Cultural
Development (Beijing) Co., Ltd. Published in cooperation between Hachette-Phoenix
Cultural Development (Beijing) Co., Ltd. and Changjiang Children's Press Ltd., 2015
Published by arrangement with Jacqueline Davies c/o Admas Literary
Through Bardon-Chinese Media Agency
ALL RIGHTS RESERVED

著作权合同登记号：图字：17-2014-387

原 著	【美】杰奎琳·戴维斯	**承 印 厂**	北京中科印刷有限公司
译 者	王 洁	**规 格**	880mm×1230mm
选题策划	凌 晨 张国龙	**开本印张**	32 开 7.25 印张
责任编辑	张云兵 于国辉	**版 次**	2016 年 1 月第 1 版
特约编辑	张荣梅 何 况		2016 年 1 月第 1 次印刷
		书 号	ISBN 978-7-5560-3401-7
出 品 人	李 兵 徐革非	**定 价**	25.00 元
出版发行	长江少年儿童出版社	**业务电话**	(027) 87679179
电子邮件	cjcpg_cp@163.com		87679199
经 销	新华书店湖北发行所	**网 址**	http://www.cjcpg.com